恋ひ歌

斎藤　憐
Ren Saito

而立書房

恋ひ歌

——宮崎龍介と柳原白蓮——

登場人物

燁子　白蓮を名乗る歌人
宮崎龍介　宮崎滔天の子
宮崎香織　燁子と龍介の子供
重松克麿　帝大新人会の創始者
柳原義光　燁子の義兄・貴族院議員
伊藤傳右衛門　鉱山王・衆議院議員
宮崎滔天　支那浪人
清水二郎記者　朝日新聞社会部・帝大新人会会員
中川敏夫記者　朝日新聞社会部
伊藤鉄五郎　伊藤家の番頭
松＝原田譲二（社会部長）　入江為守侍従長
竹＝槌子（滔天の妻）　信子（入江子爵夫人）　おさよ（傳右衛門の妾）
梅＝船子（傳右衛門の妾）　キヨちゃん（おかめの女将）

一幕

1

物語を漫才トリオ「松竹梅」の歌謡漫談から始めよう。

M『ゴンドラの唄』

梅　命短し　恋せよ乙女
熱き血潮の　消えぬ間に
赤きくちびる　あせぬまに
明日の月日の　ないものを

松　この歌は大正の中頃、芸術座の松井須磨子がうとうて、日本全国津々浦々に大流行りの『ゴンドラの唄』ですがな。

梅　松兄ちゃん。大正言うたらうちのお祖母ちゃんの青春時代やで。なんでそんな古い話せんとあかんの。

竹　ほんまや。

松　前車の覆るは後車の戒めなり。

梅　前走っとる車がムチャしよってひっくり返りよったら、そら後走っとる奴は気ぃつけるがな。

竹　あほな男と夫婦《めおと》になって苦労してはるお母ちゃん見て育った娘は、男にこりるわなあ。

梅　アナーキストたらゆう大杉栄が伊藤野枝と日蔭茶屋でおうとって、そこへ神近市子が包丁持って乗り込みよって、大杉の首を刺した。

竹　島村抱月と不倫した松井須磨子がカチューシャ可愛いやと歌とうたり、ほんまに世は恋の百花繚乱やったわぁ。

松　芝居は無筆の早学問と申します。

竹　字なんかよめへんでも、お芝居観たら人生、どう生きたらいいかわかりまっせ。

松　お話は、大正七年春の朝日新聞社前の記者たちのたまり場「おかめ」から始まります。さあ梅ちゃん用意して。（と、カウンターに座る）

梅　あいよ。

竹　兄ちゃんは朝日の発行部数を四十万部に増やしたという社会部長原田譲二。向こうから来るのは、宮内省担当中川敏夫君。

＊

中川と清水、「おかめ」のカウンターに座る。

キヨちゃん　いらっしゃい。

中川　キヨちゃん。こいつ、この春入社した社会部の清水。俺、鯖の味噌煮。

清水　ああ、僕も。

キヨちゃん　はーい。おかあちゃん、鯖の味噌煮二丁！
原田　おい、アサカンの締め切りまであと四時間だぞ。
キヨちゃん　アサカンてなあに。
中川　夕方刷るのが夕刊。朝刷るのがアサカン。青空の下でするのがアオカン。
原田　くだらん洒落より面白いネタ。
中川　どうでしょう。（メモをみせる）
原田　（メモをめくって）米の値段がまたまた高騰。桜前線北上中。こんな埋め草記事ばかりじゃ明日のアサカンの三面真っ白だよ。（清水に）おい、東京帝大！　どうだ、そっちは。
清水　はい、海軍はシベリアに居留する日本人保護という名目で巡洋艦二隻をウラジオストクに派遣するようですが。それは口実で、ロシアの革命の混乱に乗じてシベリアに進出しようと……。
原田　君は、政治部かい。
清水　いえ、社会部です。
原田　我が朝日の発行部数が四十万に伸びたのは、シベリア出兵だの普選運動じゃないの。
キヨちゃん　フセン、フセンて言うけどなんなの。
清水　日本でも普通選挙を獲得しようという運動。略して普選運動。
キヨちゃん　日本のは普通の選挙じゃないの。
清水　キヨちゃん、選挙行ったことある？
キヨちゃん　あるわけないでしょ。女だもん。

中川　男の俺たちにもないんだぜ。
キヨちゃん　どうして？
清水　たくさん稼いでたくさん税金を払った男だけが選挙権をもらえるの。
キヨちゃん　ふーん。
原田　ほら、普選なんてキヨちゃんにゃ興味ないの。（キヨちゃんを指して）この国の民がお好きなのは桃色と菊印。
キヨちゃん　桃色と菊印？
中川　恋愛ゴシップとやんごとなき方々の噂話。
原田　芳川伯爵夫人、恋に上下のへだてなしとお抱え運転手と鉄道自殺。
キヨちゃん　あれにはびっくりしたねえ。
原田　ああ、若き男のがっしりとした腕に抱かれた鎌子夫人の柔肌は無惨にも鉄路に引き裂かれたり。各社入り乱れての取材合戦をやった去年の三月が懐かしい。いいか、一握りのインテリに受ける紙面じゃ、（指して）お向かいの日々新聞に勝てんのよ。中川君、菊印のネタはないのかねえ。
中川　そうだ部長。清水を博多に行かせませんか。
原田　博多って、例の八幡製鉄の汚職事件かい。でも、あれは製鉄所長の自殺で一件落着だろう？
中川　その汚職問題が、国営鉄道に飛び火したんです。
清水　九州の炭坑は、九州鉄道に貨車を回してもらわなければ、八幡や門司に石炭を送れません。で、筑豊の炭鉱主たちは九州鉄道のそこいらの駅長にまで莫大な賄賂を贈っていた。

中川　（新聞を渡して）逮捕された福岡県庁の鉱務局長夫人に、炭鉱王伊藤傳右衛門の妻燁子が三百円の呉服券を贈っていたのです。
原田　（ため息混じりに）炭坑成金のカミサンね。
中川　カミさんの燁子というのは、歌人佐々木信綱博士の主催する竹柏会《ちくはくかい》同人の柳原白蓮。
原田　歌人が汚職事件にかかわると面白いの。
中川　柳原白蓮は、元外務卿柳原前光《さきみつ》伯爵が、柳橋の芸者おりょうに生ませた娘、すなわち現貴族院議員柳原義光《よしみつ》伯爵の妹ですよ。
原田　（箸を落とした）伯爵家の娘か！
中川　その伯爵家の令嬢が、七年前坑夫上がりの成金の妻になって伊藤燁子。
原田　うーん。炭坑成金伊藤傳右衛門の元に嫁いだ伯爵家の姫君。
中川　それだけではありません。柳原前光伯爵の妹の愛子《なるこ》は明治さまの大奥に入り、柳原二位の局となって今上天皇をお生みになった。
原田　ということは傳右衛門の贈賄事件で裁判所に出廷する伊藤燁子の叔母が、今上天皇の母上。
キヨちゃん　アレマ。すっと、その燁子さんて人、天皇様のお従姉妹さま！
原田　菊印だ。清水、今夜の夜行で筑豊へ飛べ。
清水　今夜ですか。
原田　うーん。新興成金の元へ金で売られていった伯爵家の姫君、伊藤燁子。十回の連載を組もう。
清水　連載十回！

原田　タイトルは「筑紫の女王伊藤燁子」だ。（と、財布から金を出す）軍資金。
キヨちゃん　鯖の味噌煮、二丁。
原田　味噌煮は、筑紫から帰ってから。
清水　はい、いってきます！

そこで、竹が出てきてトリオに戻る。
柳原義光、出てくる。

竹　あそこに現れたのが、柳原義光伯爵。つまり白蓮さんの腹違いの兄ちゃんや。
松　竹ちゃんは、柳原伯爵の妹の信子さんになるんや。
竹　「ご機嫌よう」なんちゃって。
梅　松兄ちゃんは、今度は何の役やるねん。
松　その信子が嫁いだ先の、子爵入江為守。東宮侍従長になったばっかりや。
竹　東宮ってなんや？
梅　知らん。
松　アホ。東宮ちゅうのは皇太子殿下。裕仁さんのことや。
義光　入江さん。東宮殿下はいかがあらせられますか。
入江　いやいや、もう元気潑剌。乗馬ばかりではなく、近頃はミジンコすくいにもご興味を持たれまして。

信子　裕仁殿下は今年十七歳におなり遊ばされた。時のたつのは早うございますね。

琴の調べなどして、燁子、出てきてテーブルにつく。

入江　やあ、燁子さん。

梅　柳原燁子。たった九つで親戚筋の、貧乏華族北小路子爵家にもらわれはった。哀れ燁子は十五にして北小路家の跡取り息子資武に、力ずくで犯されはってやや子を身籠もります。その資武って男は学習院を二度も落第するようなボンクラ。地獄みたいな結婚生活をよう六年も辛抱しはったわ。子供を残して柳原家に戻った燁子は東洋英和女学校に通います。

入江　そういうこと。

信子　燁子さん。先日お渡しした、伊藤さまのお写真御覧になりました？

燁子　はい……。

信子　いかがでした？

燁子　はい……。

義光　入江さん。燁子はたしかに妾腹。しかし、かりにも藤原家直系の女です。それが平民などと。

入江　兄上、時代は変わっているのですよ。伊藤傳右衛門さんは一坑夫から身を立て、大正炭坑社長。

信子　（驚いてみせて）まあ、社長さま！

入江　嘉穂《かほ》銀行頭取。
信子　銀行の頭取！　北小路なんていうお貧乏なお公家さんとはまったく違いますよ。
入江　衆議院議員を二期。
信子　代議士さんでもいらっしゃる。
入江　家柄より、芋がら。家柄では食べられません。燁子さん、どうです。
燁子　どうですっておっしゃられても……。
義光　しかし信子、傳右衛門さんは五十だろう。燁子は二十八の女盛り。筑紫は、遠いしなあ。
入江　しかし、燁子さんは、出戻りだからなあ。
義光　そう、出戻りか。
信子　ねえ、燁子さん。傳右衛門さんは、これからは婦人にも教育が必要だと、博多に女子の技芸学校をお作りになったのよ。
燁子　女子の技芸学校ですか。
信子　どう？　東洋英和で学んだことを生かして、女子教育に専念してみたら。
燁子　はい。
入江　柳原の家で肩身の狭い思いをするよりは、そのほうがずっといい。
義光　それはいい。

和服に山高帽の傳右衛門、現れる。

傳右衛門　こりゃお待たせばしました。
入江　ああ傳右衛門さん。
傳右衛門　（見回して）ほう、ここがかの上野の精養軒。伊藤傳右衛門チ言います。田舎者ですばって
どうぞよろしゅうに。
入江　こちらが柳原伯爵。そして妹の燁子です。
傳右衛門　しがない石炭掘りでございます。
義光　いやいや、職業に貴賤はない。ハッハッハ。
燁子　あの、博多に女子の技芸学校をお作りになったとか。
傳右衛門　はい、筑紫でも、貧しい農家の娘たちは女郎になるしかなか。女郎にならんでンすむため
には腕に職を持たせにゃならんですからなあ。
燁子　ジョロウってなんですの。
傳右衛門　ジョロウってなんですの？　ははは。かわいらしいのう。
入江　燁子、傳右衛門さんとゆっくり二人だけで……。

と、義光に目配せして、三人去る。

燁子　お義兄様、おねえ様、お兄上様……。

傳右衛門　燁子しゃん。腰ばおろしなっせ、おろしなっせ。わしのおとっちゃんが筑豊の山奥の幸袋で魚の卸を始めたはご一新の前。八つの時からこの傳ネムは、神湊、勝浦、鐘崎、津屋崎の浦々で夜半に漁師が捕った鮮魚《いけうお》を馬に積み、三阪峠を越えて幸袋まで運んだっちゃ。

燁子　そなたは傳ネムと申すのか。

傳右衛門　ああ、筑紫言葉で傳ネムたい。そいから、十一の年から丁稚奉公に出されてな。

燁子　ボウコウ？

傳右衛門　おとっちゃんが始めた石炭掘りは、狸掘りというてな。

燁子　タヌキボリ？

傳右衛門　こげんして山を這い歩いて炭層が地面に出ている所をかぎつけて掘るとたい。地面の下ば三里も四里も掘り進む。まだお天道さんも見えん朝三時に山へはいる。そっから真っ暗な二尺ほどの坑道を這って下りるったい。掘った石炭ば竹籠のスラに百五十貫も入れて、四つん這いになって曳くとたい。行き戻りだけでも地の下を五里歩いて、娑婆へ出るのは夜の九時、もう星がまたたいとるばい。

燁子　日に焼けなくっておよろしいこと。ワインはいかが。

傳右衛門　こりゃ、かたじけなか。

三人、陰から覗く。

信子　話が弾んでるようじゃございませんか。
傳右衛門　十二の時にヤマに入って、出てきてみたら筑紫の山に陸蒸気が走っちょる。麹町の薩摩屋敷跡に鹿鳴館ができたいうても、東京がどっちにあるかもわかりゃせん。
燁子　ホホホホホ。
義光　しかし、あれほど歳の違う男の後妻《のちぞい》じゃ燁子がかわいそうだ。
傳右衛門　（グラスを逆さに振って）じゃ、ご返杯。
燁子　ご返杯？
信子　お兄さま、貴族院議員に立候補なさるんでしょ。そのためには……。
義光　うむ。そりゃ金は必要だが、あれではあんまり……。

傳右衛門は身振りを交えて話をする。

燁子　ホホホホ。
傳右衛門　十五の年からは楫取りばやっちょった。
燁子　カジトリ。
傳右衛門　石炭運ぶ炭車の運転手たい。ヤマの楫取りちゅうたら、そらぁ持てたもんたい。
燁子　何をお持ちになりましたの。
傳右衛門　（歌う）さても楫取り乗り回し、その扮装《オメカシ》を御覧じませ。先ず白布でウシロ鉢巻き、目の吊るごとくきつく締め、真っ赤な胴巻き、色も鮮やかズボン吊り、ニッカボッカに紺の脚絆。特注草履しっかと踏んで、磨き真鍮のカンテラつけて、小鳥のようにちょいと飛び乗る艶と粋。わしのテッチャン函乗りまわしぃー、乗り方上手でなおかわい、ドッコイショ、ドッコイ。

燁子　ホホホホホ。

「おぞましや女心は黄金もて　男心は血もてあがなひ」

傳右衛門　さあ行きまっしょう。

燁子　お兄様、おねえ様、お兄上様。

M「花嫁人形」

竹・梅　（歌う）金襴緞子の帯締めながら
花嫁御寮はなぜ泣くのだろ

松　挿し絵画家として大正期に活躍しました蕗谷《ふきや》虹児《こうじ》のご存じ「花嫁人形」にございます。この歌を聞きました当時の人々は、金のために、地の果て筑紫へ嫁ぐ人形のごとき花嫁を思い描いたと申します。

竹　伊藤家と柳原家の結婚式は日比谷の大神宮でやらはった。招待客は二百人。結納金は二万円だったそうや。

松　血統書付きとはゆうても、えらい高い花嫁や。

竹　なああの伯爵。妹を売ってまで貴族院議員になりたかったんか。

松　議員になりゃ、年俸三千円と旅費が出た。

竹　ひぇー、三千円。

松　この三千円はごっつう大きい。

竹　傳右衛門は伯爵家の令嬢をこうて、別府の温泉地に別邸をこうて、福岡では初めてのフォードをこうたんやて。ほんで九州の政財界を、この着せ替え人形を連れ回しよった。

梅　そやけど燁子さんかて、女子技芸学校で花開かせはったんと違うの？

松　うーん、その筈やったんやがなあ。

梅　（燁子に扮して）傳右衛門さん、女子技芸学校はどちらに？

松　（傳右衛門に扮して）そんなもん、とうの昔に県にくれてやったったい。

梅　こらあかんわ、燁子さんあんなに楽しみにしてはったのに。

松　この結婚も前途多難でございました。さて、これから七年後、朝日新聞の清水記者が幸袋を訪れたときも、燁子のため博多にも建坪五百坪の豪邸を建ててる最中やった。

2

幸袋、傳右衛門の家。
机に図面を広げて鉄五郎と酒を飲んでいる傳右衛門。
離れて燁子は本を読んでいる。

松　清水の書いた記事は（新聞を広げて）「かの筑紫の女王は、淋しい悶えを抱いて、田舎町幸袋にただ一軒のあのケバケバしい御殿の中の白百合の床に、花顔柳腰を埋めてゐる」
傳右衛門　天井には京都の絵描きに頼んで揮毫した虎の絵、芭蕉の図をはめ込んで「虎の間」「芭蕉の間」にするとたい。
鉄五郎　京極先生は、屋根を瓦ではなく、銅で葺くのはどうかと。
傳右衛門　そうか、屋根を銅で葺くとか。
鉄五郎　しかし、銅板で葺きますと瓦の十倍の費用がかかりますぜ。
傳右衛門　金のことは言うな。鉄。こいは姫さまのため、おいが建てる家たい。京極先生の言うとおりにせい。

そこへ、おさよ。

おさよ　旦那さん。
傳右衛門　なんか。
おさよ　朝日新聞の清水さまが……。
燁子　清水さん？
おさよ　はい。
傳右衛門　新聞記者？　おいゃ嫌いじゃ。
おさよ　清水さんて、新聞に奥さまのことば連載してくださってる方ですばい。
燁子　困ったわ。私、こんな格好で。
傳右衛門　よしよし、おいが相手ばしちょるけん着替えてきなさい。おいの留守になんべんも来やがって。どら、迎えに出てやろう。おい、おさよ。朝日に一本つけちゃれ。

と、おさよと去る。
出て行きかけた燁子、ふと立ち止まって。

燁子　鉄。
鉄五郎　へえ。
燁子　奥の私の寝室だけどね。
鉄五郎　へえ。

燁子　寝室には必ず鍵をつけてくださいって、京極先生に。
鉄五郎　寝室に鍵を付けるとですか。

傳右衛門、戻ってきて。

傳右衛門　なんだと、お前の体にはおいの鍵がもうしっかりとついとるわ。早く着替えろ。（去る）
燁子　鉄、寝室はガラス張りにして頂戴。
鉄五郎　えっ！　ちゅうことは……。

そこへ、「いやいや、幸袋なんち田舎までわざわざ」と傳右衛門と清水。鉄五郎、去る。

清水　どうもいつも奥様には、取材にご協力くださいまして、ありがとうございます。筑豊の山奥にこんな御殿があるとは知りませんでしたよ。
傳右衛門　博多ステンショのあたりにゃ石炭は埋まちょっとらんからな。
清水　籠の鳥は、こんな山奥で歌を歌っているのですね。
傳右衛門　清水君、おいは燁子を虜にしておる和歌とちゅうものがわからん。（本を取って）こげなもんに六百円もの金をつぎ込む必要があるとかね。歌作るより田を作れっちゅうとたい。
清水　あー、「踏絵」ですか。この中に僕の好きな歌があります。（本を開く）

傳右衛門　ほう。
清水　（読む）「幾億の生命の末に生まれたる二つの心そと並びけり」これですよ。
傳右衛門　幾億？
清水　たとえば縄文時代、この列島のどこかであなたの祖先が鹿なんか追って走り回っていた。
傳右衛門　おいの先祖も猿んごたったとかの。
清水　原始人の男と女が出会って一つの命が生まれた。
傳右衛門　なるほど、あれだ。何百何千とボボした末に燁子とわしがここにおる。
清水　いやいやボ・ボ・僕の言いたいことは、たくさんの男と女の偶然の出会いの結果、あなたと奥さまはここにいる。もしどちらかの生まれがほんの百年ずれていたら、あなた方の心はならぶことがなかったということなんです。
傳右衛門　清水君。あの女とならんで暮らすとは気が疲れるとよ。おさよ、薬。なあ、白蓮とはどげな意味な。
清水　蓮の花は泥水の中に咲きます。支那では「蓮、一人汚泥より出でて染まらざるを愛す」というのだそうです。
傳右衛門　オデイ？
清水　周囲の泥の沼に染まらず心の清らかさを保っているということで……。
傳右衛門　つまり、炭坑の粉塵が汚泥か。泥にまみれたわしの醜さに染まらず咲く。ああ、それで白蓮か。先日、東京から管弦楽ちゅうもんが来た。おいが煎餅を食うたら、燁子えろう怒りよった。

清水　演奏の最中に煎餅バリバリはまずいです。
傳右衛門　なあ、華族の女なんち博多人形と同じで眺めるだけがよか。

おさよが薬と水を持ってくる。

傳右衛門　おいの言うことなすこと、すべてが下劣だと泣きよる。もう、あれの気に入るように、おこられんようにと……。で、胃がキリキリ痛むごとになってな。（と、薬を飲む）
おさよ　旦那さん、あんまり薬ばかり飲んでは……。
傳右衛門　燁子が来てから、朝飯はパンとチーズだ。あれにいわせると米の飯を食わんと力が出らんわしらは下等なんだち。そげな燁子が寂しい悶えを抱いちょるだと。
おさよ　（清水に注ぐ）お一つ、どげですな。
清水　いえ、私は。（おさよ去る）伊藤さん、ひどいじゃないですか。あなたはお妾さんを自分の家に住まわせている。
傳右衛門　君は自動車を持っちょるか。
清水　まさか。
傳右衛門　おいはフォードとフィアットを持っちょる。乗り物も時と場所によって変えた方が都合がよか。
清水　婦人を乗り物と思うのは人間じゃありません。外道です。

傳右衛門　清水君。妾を持つ男は外道か。
清水　はい。それも、あなたの場合は一人や二人どころじゃない。
傳右衛門　ならば、先の明治さまは外道か？
清水　明治さま？
傳右衛門　今の天子さまの実の母、燁子の叔母の柳原二位の局は明治さまの妾じゃなかか。二位の局だけでない。千種権典侍、園権典侍はそれぞれに明治さまの皇子をぞろぞろ生みなされた。明治さまは外道か！
清水　いや……。
傳右衛門　ハハハ。帝国大学で学んでもこげなもんか。（謡う）七つ八つからイロハを習い／ハの字忘れてイロばかりぃ。
おさよ　（つついて）おいでなさったよ。

燁子が入ってくる。
おさよは黙って出ていく。

清水　お邪魔しております。
燁子　お待たせしました。
傳右衛門　よかおなごじゃろう。

清水　はい。

傳右衛門　やい、朝日、お前とこの新聞は、金持ちが労働者の稼ぎを取り上げとると言うちょるそうじゃな。

清水　ああ、河上博士の「貧乏物語」のことですね。

傳右衛門　あげなもん連載しちょるち、米騒動だ。

清水　シベリア出兵で米が一升十二銭から二十五銭、八月には五十銭になりました。家計の三分の一を占めています。

燁子　じゃあ、パンを召し上がればいいのに。

清水　なにを言ってるんです。

傳右衛門　起きて半畳、寝て一畳。天下取っても二合半。人間いくら頑張っても、一日三合以上は喰えぬ。おいが奴らの飯ば食うたわけじゃなか。

清水　その代わりに御殿を建ててる。

傳右衛門　それは、この姫さまのためたい。

燁子　私は別府に建てていただいた別荘で十分でしたのに。

傳右衛門　別府にゃ湯治客ばかりでお前の話し相手がおらん。できあがったら九州一の豪邸だぞ。

清水　米屋ばかりでなく方々で金持ちの屋敷が襲われていますよ。今にここにも来ますよ。

燁子　ここにも?

傳右衛門　おいの大正炭坑は大丈夫。

清水　どうしてです。

傳右衛門　おいのところは安全たい。排気の機械も吸水ポンプも最初から入れてある。ヤマで育った男の知恵たい。

そこへ、鉄五郎が「親分、オオゴトですばい」と、入ってくる。

傳右衛門　どげした。

鉄五郎　田川の峰地炭坑で坑夫たちが、暴動ば起こしよった。

傳右衛門　暴動！

鉄五郎　添田で暴徒が商店を打ち壊しとります。警察も手え出せん状態やと。

傳右衛門　警察もか。

鉄五郎　奴らは炭礦《やま》で使うとる発破を持ち出しちょるそうです。

傳右衛門　（立ち上がった）なに、ダイナマイトを！　よし、仕度せい。

清水　では私も、

鉄五郎とともに出ていく。

清水も帰り支度を始める。

燁子　もう、お帰りになるの。
清水　はい。
燁子　ちょっとお待ちになって。今日、シベリアから、届いたの。（手紙を出す）
清水　（受け取って）あなたを筑紫の与謝野晶子と呼ぶ中尉さんですね。また都忘れの押し花でも送ったんでしょう。
燁子　（歌う）行こうか戻ろうか、オーロラの下を
清水　（読んで）「私は極寒のシベリアで温かいあなたの躯を抱いています。伊藤燁子という女《ひと》は人妻だけど、夢の中の白蓮さまは僕だけのものです」

そのとき、遠くで爆発音。

清水　シベリアは北原白秋の歌みたいなロマンチックな所じゃない。この藤井中尉は零下三十度のニコラエフスクで戦をしてるんですよ。
燁子　知っていてよ。お手紙にもあったわ、こんな地の果てまで来てなぜ現地の農家に火をつけたり家畜を奪ったりしているのかわからないって……。そんな毎日が辛いから、恋の中尉さんは夢の中で私を抱いているの。

燁子、遠くを見る。

「シベリアの野末の果てもほとぼとし魂のゆくへはなほ遙かにて」

燁子　あたしね。思い切って今日書いたの。結婚する前に一度恋をなさいって。小倉に帰還なさったら、その足ですぐ別府にいらっしゃいって。

清水　本当に来たら、どうするんです。

燁子　（手紙をひらひらさせて）この手紙出そうか、出すまいかって。

清水　（手首をつかんで）およしなさい。

燁子　（その手を握って）だったら、あなたがここから私を連れだしてくださる。……ねえ連れ出してくださる。

再び、爆発音。

燁子　怖い。（と、しがみつく）

清水　奥さん。（抱く）

そこへ、「奥様」とおさよが入ってきてびっくり。

おさよ　大変です。
清水　（手を放して）どうしました。
おさよ　暴動です。小倉の連隊がやってきました。
清水　ええ！　軍隊が。

飛び出していく、清水。

燁子　清水さん！

ひとり残る燁子。

「寂しさのありのすさびに唯ひとり狂乱を舞ふ冷たき部屋に」

大声で自動電話を掛けている清水。

清水　朝日新聞社会部、社会部頼みます。こちら清水です、今、幸袋。坑夫たちの要求は、一、シベリアに応召された兵士たちの家族への米の配給。二、採炭賃金の引き上げ。三、労働条件の改善。……はい。軍隊が出動しました。八月十七日、シベリア出兵のため門司港で待機していた北方歩兵四十七連隊第一中隊に非常召集がかかった。翌十八日午前七時四十分、重装備の五十七人が上添田駅に到着。中隊を迎えた炭坑夫たちに中隊長は発砲を命じ、坑夫二人を殺害、三十数人を負傷させた。陛下の軍隊が陛下の赤子を撃つとはなんたることか。もしもし、もしもし。あ、切られちゃった。……切れてた。

3

大正八年六月。

新宿区番衆町に宮崎滔天が借りていた家。

滔天と学生服の重松、背広の清水。離れて原稿を書いている龍介。掃除をしている槌子。

滔天 日清・日露の戦にて国は富強に誇れども、下万民は額の汗に血の涙、芋さえ食えぬ餓鬼道を辿り辿りて地獄坂、汽車や汽船や電車馬車、廻るわだちに上下はないが、乗るに乗られぬ因縁のからみからみて火の車。浮き世がままになるならば、王侯貴人を暗殺し、非人乞食に絹を着せ、車夫や馬丁を馬車に乗せ、水呑み百姓を玉の輿、四民平等無我自由、万国共和の極楽を、この世に創り建てなんと……。
龍介 父上、いい加減にしてください。
滔天 ハハハハハ。しばらく高座に上らんだったら、声まで錆びついてしもうた。
重松 いやいや、人民の中に世直しを広めるために、浪曲を語りながら全国を行脚なさった。素晴らしい考えです。
滔天 ハハハハハハ、支那浪人宮崎滔天のこれがなれの果てですたい。
重松 このたびは、私ども帝大新人会に事務所をお貸し頂くことになりまして。
清水 支那革命の二人の指導者、南の孫文と北の黄興をお引き合わせになったのも新宿番衆町のこの家だったんですね。
滔天　そう支那はな。日本の十倍の人口とそれ以上の国土ば有しているにもかかわらず、軍閥がはびこり末世のありさまなのだ。ばってん支那の……。
龍介　孫文先生の恵州蜂起が失敗したとは、おやじが革命軍に武器ば送るていう約束ば守れんだったからでしょう。
滔天　いや、あれは……。
龍介　さあ始めよう。
滔天　そうだ！　ここに孫文先生が居候していたときな、この龍介はまだ五つ。庭で汽車ゴッコをやっとるのば縁側から眺めていた孫先生がおっしゃった。革命が成就したら、支那の鉄道建設はこの子に頼もうかねって。
龍介　支那の世直しの前に日本の世直しでしょう。
滔天　バカタレ。支那と日本はいわば一衣帯水の間柄たい。支那革命が……。
槌子　ああた、いい加減にしなっせ。
滔天　いやいや、ちょっと昔ん話をな。
槌子　下手な浪花節と年寄りの昔話は誰だって聞きたくなかよ。
滔天　ウウウ。……五十にして四十九年の過ちを知る。
槌子　あなたがシャムに行かれたとき、この龍介は三つ。二人の子を連れ熊本に帰り、有明湾の貝殻を拾って土産物屋に売って凌ぎとしておりました。あなたにもらったこのかんざし何度売ろうと思ったかしれん。私が家の窮状ば訴えると、あなたは手紙にこう書いていらした。「貧困は我らの敵にあらず。我らの味方は貧民なり、乞食なり。我が敵は貴族なり、地主なり、金持ちなり。貧乏ぐらいは当然とおあきらめ下されたく」そがんじゃなかですか。

滔天　そがんです。

槌子　ところが、孫文先生の起こされた革命が失敗すると、私が支那革命のために準備したお金を持ち出して浪曲の雲右衛門一座と旅に出た。そがんじゃなかですか。

滔天　そがんです。

槌子　浪曲師まで身ば落としたあなたが、偉そうに若い方々に世直しを説く。恥ば知っとんなら引っ込んどきなっせ。

滔天　なにぃ！（手を出そうとする）

槌子　（はたきで手を打ち）剣法、二天流！

滔天　恐れ入りました。（襖を開けてそそくさと去る）

槌子　どうも失礼しました。ここへは来させんようにしますけん。

清水　お世話になります。

重松　我々新人会は今年、機関誌「解放」の発刊にこぎ着けた。それを通じて全国民に選挙権をと訴えてきた。しかし、勤労大衆は活字を読む力もなければ暇もない。だから、普選実施に向け全国で演説会を開くことにする。

滔天　（また顔を出し）それはよか。どがんか。字の読めん大衆に浪曲で普選ば広めるていうとは。四民平等無我自由……。

槌子　まだ、おっとですか！

滔天　はい。はい（襖の向こうに引っ込む）

重松　で、暮れから正月に掛けての演説会だがね。僕が京阪神の造船所を受け持つから、宮崎は八幡製鉄と筑豊の炭坑に行って欲しい。

龍介　九州か？

滔天　（顔を出し）おお、九州なら我が故郷の熊本に立ち寄って……

槌子　こらー！（と、滔天を追って出ていく）

清水　すごいな、お母さん。

龍介　十五歳で自由民権を説き、スウェーデンの牧師に英語を習ったお袋に親爺が一目惚れしてな。それがあのざまだ。

重松　宮崎、「解放」の先月号に倉田百三の『出家とその弟子』みたいな戯曲が載ったろう。

龍介　ああ、『指鬘外道《しまんげどう》』とかいう。

重松　（ゲラを出して）評判がよくてな大鐙閣が出版することになった。ついては、作者の序文を取ってこいと面家《おもや》支配人が。

龍介　面家さんの頼みか。

滔天　（顔を出し）その面家ってな……。

龍介　母上！

重松　その『指鬘外道』を書いた柳原白蓮が、別府にいてね。

清水　（見て）ええ、柳原白蓮！

龍介　知ってるのか。

清水　知ってるも何も、去年、「筑紫の女王伊藤燁子」って連載を担当したのは僕だぜ。

龍介　ああ、あの筑紫の女王か。

清水　筑豊の炭坑成金、伊藤傳右衛門が金を積んで後妻にした歌人でね。

龍介　面白いじゃないか。日露戦争、欧州戦争でボロ儲けした筑豊の炭坑成金の妻が書いたお芝居か。

（雑誌を取って）

清水　でも気をつけろよ、龍介。

龍介　なにが？

清水　なかなかの発展家でね。シベリア派遣軍の将校と熱烈に文通するやら、九州帝大の教授や、日々新聞の若い記者とも懇ろだという噂だ。

龍介　ふーん。

清水　彼女は歌っている。「百人の男の心破りなばこの悲しみも忘れはてんか」

龍介　すごいな。

4

松、竹、梅、出てきて歌った。

竹　（歌う）地下は三千尺どこまでも
　　掘れば出てくる黒ダイヤ
　　わが日の本のすみまでも
　　照らす明るい黒ダイヤ
　　サノヨイヨイ

松　伊藤傳右衛門と燁子の結婚式が福岡県嘉穂郡幸袋で行われた折り、筑豊の坑夫たちによって歌われたこの唄がやがて炭坑節と呼ばれるようになって、全国の盆踊りの定番となりました。

梅　でも、この当時の炭坑は怖いところやったんやてなあ。

松　ああ、年貢払えんと逃げてもた百姓が全国から炭坑に入り込んだ。山の中の炭坑は犯罪者の逃げ込む格好の場所や。明治様の御母上が御崩御の際なあ、大赦で釈放された百七十五名の前科者を筑豊の炭坑が引き取ったんや。

竹　その前科者たちが石炭掘って白蓮の別府の御殿ができたんか。

松　帝大新人会の指導者宮崎龍介が別府の伊藤別邸を訪ねたのは大正九年一月のことでございます。

別府の伊藤別邸。
燁子の「船子さん」の声。

船子　（出てきて）奥様。今日、お見えになる宮崎さまて、朝日新聞の清水さんの後輩どすねんてなあ。
燁子　そう。来春に帝大を卒業なさるの。
船子　卒業しやはったら、大蔵省、三井か三菱。
燁子　いいえ、宮崎さまは、労働運動をなさっているんですって。
船子　（手足を振って）まあ、労働して、運動もなさるじゃ、しんどおすやろなあ。
燁子　船子さん。源爺さんの所へ行ってくれた。
船子　へえ。周防灘で上がった鯛を夕げにお届けしますて。
燁子　湯殿に浴衣は用意してある。
船子　へえ、けど奥様。
燁子　なあに。
船子　宮崎さまは、五時の汽車で博多に戻らはるんどっしゃろ。
燁子　フフフフ。汽車に乗りおくれることもあるでしょ。こないだ、朝日の清水さまが送ってくださったご本は？
船子　ちゃんと、ここに置いときましたえ。

鶯が鳴く。

燁子　船さん、明日、傳ネムさんは京都から幸袋の本宅にお帰りだよ。幸袋へ戻るかい。

船子　うちは奥様の小間使いどす。奥様が別府《ここ》においでになるんどしたら、私《うち》もお側においておくれやす。

燁子　私の世話じゃつまらないだろうから帰してあげる。

船子　そんな。奥様のご恩は海山でございます。うちみたような不足もんを可愛がってくれはって。

燁子　ほんまは、帰りたいんでしょう。隠さんでもええ。

船子　奥様……。

燁子　船子さん、傳ネムさんが毎晩、あなたのお部屋に通うてること、知っててよ。

船子　（わっと泣き出す）奥様、堪忍しておくれやす。旦那様にどうしてもさからえへんで。旦那様はほんの一時の気まぐれに、うちは、ほんの慰みもん。

燁子　今はもう、傳ネムさんが嫌なの？

船子　……。

燁子　まあ、顔を赤こうして。船子さん。あなたが旦那様とああなったこと、私、喜んでいるのよ。

船子　奥様……。

燁子　あの人はかわいそうな人。私のようなわがまま女と一緒になったばっかりに。だから、私に気兼ねしないで存分に、あの人のお世話をして頂戴。

船子　へえ。でも奥様、ずうーとうちをお側においてやると言うておくれやす。

燁子　さ、もう行って、お客さまがいらっしゃるわ。

船子　へえ。

船子、出ていくと汽船の汽笛。
燁子、遠くを見る。

「船行けば一筋白き道のあり　吾には続く悲しびのあと」

「さあさあどうぞ、奥様、朝から首を長うしてお待ちどすえ」と船子の華やいだ声に燁子出ていく。

龍介の声　坂を登ってきたら、百メートル以上も石垣が続いてる。お寺かと思ったら伊藤傳右衛門の表札。驚きました。

燁子の声　このような鄙までよくお越しくださいました。

龍介　門を入って、玄関まで登って来るだけで汗をかきました。

船子　それやったら、お湯へおつかりやしたら。奥様は朝から二度もお入りにならはりましたんえ。

燁子　船子、お紅茶をお出しして。

船子　へえ。（去る）
龍介　暖かいんですね。一月だというのにもう梅が咲いてる。
燁子　……去年も咲きました。来年もやっぱり咲くでしょう。
龍介　八幡の町は工場の煤煙。ここ別府は湯煙。天国ですね、ここは。

山鳥が「ギャー」と鳴いた。

燁子　じゃ天国って退屈なとこなのね。ねえ宮崎さん、いっそ地獄巡り、ご一緒いたしません。
龍介　いえ、五時の汽車に乗りますものですから、お原稿を頂いたら、すぐに。
燁子　原稿？　ああ、燁子、イケナイイケナイ。原稿を取りにわざわざおいでになったのよね。
龍介　いや、私は八幡の工場労働者にこの社会の仕組みをやさしく説明する仕事もありまして。では、ちょっと散歩に出てきますから、その間にどうか。

そこへ、船子が紅茶を持ってくる。

燁子　ねえ、宮崎さん。
龍介　はい。
燁子　私、明日、幸袋の家に戻るんです。一泊なされば小倉までご一緒できますわ。

龍介　いえ、けっこうです。
燁子　どうして？
龍介　夜中に、あのお芝居に出てくるような婆羅門の妻が襲ってくると怖いですから。
燁子　あら、「指鬘外道」、お読みくださったの。
龍介　はい、今、こうしてお会いすると、あんな激しい物語をお書きになった方だなんて信じられない。
燁子　まあ、恥ずかしい。お芝居を書くって、人さまの前で丸裸になることなのね。
龍介　どうして、お芝居なんか書かれたのです。
燁子　そうね……。ほら、（外を見て）海に船が一本の白い跡を残して進んで行くでしょ。

先ほどから、ポンポン蒸気の音が聞こえていた。
燁子は本を取った。

龍介　門司からの船ですね。
燁子　船の航跡は、やがて海の中に融けて行き、うららかな海面は船が通ったことすら忘れてお日様の光にゆらゆらと。それを見て、ああ人の一生も水面に残される一筋の航跡。やがては波間に消えていくのだなあって思ったとき、歌が生まれます。
龍介　ああ、こののほほんとしている春の海にも、生命のはかなさを感じる人が歌詠みなのですね。

燁子　でもね、それは一瞬の詠嘆でしょ。私たちが生きる世界はもう少し複雑で込み入っていて、三十一文字では表せないこともありますでしょ。だから長歌のつもりで、お芝居を書いたの。（と、わざと本を落とす）ああ！

龍介　（拾って）へえ、「貧乏物語」。こんな本までお読みになるんですか。

燁子　フフフフ。朝日の清水さんて、あなたのご先輩でしょ。

龍介　はい、僕は肋膜をやって三年遅れましたから。

燁子　今度、わが家に帝大新人会の闘士さんがいらっしゃるけど、何を読んどいたら虐められないかってお手紙したら、送ってくださったの。でも、一ページも進まないうちに、目がかゆくなってきて。

龍介　正直ですね、あなたは。

燁子　どんな物語ですの。貧乏物語って。工場へ行って、工員たちにわかりやすく説明なさるんでしょ。お願いします、先生。私にも。

龍介　河上肇は、大正のはじめに英国に行ってびっくりしました。産業革命以来、紡績機械の発展はめざましく、女工一人で、日本の何十倍もの織物を作ってる。人間の代わりに機械が働いてくれるから、なにより労働者が楽にたくさんの製品を作ることができる。そうすれば国民すべてが豊かになる。さすが世界に冠たるイギリスだと。

燁子　それで日本も大英帝国に追いつけ、追い越せね。

龍介　そうです。ところが、河上肇は不思議なことに気づいた。英国は産業革命のお陰で、世界一の金持ちの国になった。ところが、その英国の首都ロンドンに乞食がウヨウヨいる。

汽車の汽笛が遠くに。

燁子　ロンドンにもお乞食さんがいらっしゃるの？
龍介　ゼームス・ワットが蒸気機関を発明して、炭坑の排水も機械がやってくれるようになって、英国の炭坑は栄えたけれど、失業者は増えロンドンの貧民窟では毎日子供が飢えて死んでいく。
燁子　まあ。
龍介　となると、日本が英国の真似をして、いくら優秀な機械を導入しても、貧乏はなくならんのじゃないか。……あなたのご主人が経営する大正炭坑の坑夫たちだってやっぱり米が買えん。
燁子　フフフフ。あなたの手は石炭を掘ったことのない手。すべすべしてる。（と、手を取った）
龍介　そうですね。
燁子　私の亭主の傳ネムさんは、小さなときから石炭掘ってたから、手はガサガサ。触られると痛いの。そうだ。これからカルタをしません？
龍介　いや、百人一首、不得意科目なんです。
燁子　船子さん！　カルタを持ってきて。
龍介　（手を引っ込めて）いや散歩に行ってきます。先生には原稿を執筆していただかないと。では。
燁子　ほんとはね、書いてあるの。

龍介　ええ！
燁子　最後の博多行き、今、駅を出るところ。

龍介、縁側に駆け出す。
汽車の蒸気の音。

燁子　貧乏の物語、面白かったわ。
龍介　やっぱり婆羅門の妻だ、あなたは。
燁子　朝、九時に博多行きがありますわ。
龍介　おや、きれいなかんざしですね。
燁子　え？　ああ、母の形見ですわ。柳橋の芸者です。メカケばらですの、私、半分は柳原、半分は柳橋、アハハ……。
龍介　すいません、よけいなことを言って。
燁子　あら、いいえ、ありがとう、目をとめてくださって。母も喜びますわ。さあ、読んでくださいな。
龍介　（原稿を読んで）「この戯曲は、毎日誰に見せるわけでもない化粧をして一生を終わるふがいない女の指先から生まれたものです」……ずいぶん悲しいじゃないですか。
燁子　こんな西の外れに島流しになっているんですもの。菅原道真だって大伴旅人だって、大宰府に追いやられてからは歌を詠むしかなかったでしょう。こんなものを書くだけで、ほかに何の楽しみもないの。この温泉町には、旅人や憶良のことを話す相手だっていない。

汽笛が遠のいていく。

吾なくばわが世もあらじ人もあらじ　まして身を焼く思ひもあらじ

船子がカルタを持ってきて、歌うように読んだ。

船子　みちのくのォーしのぶもぢずりィー

龍介　はい！（取る）

船子　……誰ゆゑにィー　みだれそめにしィー　我ならなくにィー。

燁子　（独白）この男は私をここから連れだしてくれるかもしれない。

船子　忍ぶれどォー

燁子　はい。（取る）

船子　……いろに出でにけりィー　わが恋はァー

燁子　なに言ってるの。この人は今、人生の船出のとき。あんたみたいなお婆さんと時間つぶしする暇はないのよ。

船子　……物やおもふと　人のとふまでェー

燁子　嘘おっしゃい。この若者が世に出て活躍するのを、遠くに見て過ごすなんてできる。

船子　わすらるるゥー身をば思はずゥー

燁子　はい。

船子　ちかいてしー　人の命のをしくもあるかなァー。

龍介　おい、お前は今なにをやってる。金と暇を持てあました婆さんのお相手する暇があるなら、八幡製鉄での演説原稿を書いたらどうだ！

燁子　ぼんやりしてると皆取っちゃうわよ。

船子　あふことのォー

二人、「はい」と同時にカルタを押さえる。

龍介　あ、痛ぁ！

燁子　ああ、ごめんなさい。指輪はずしましょう。

龍介　（指輪を手に取り）こんなに大きな。

船子　婚約なさったとき、旦那さまがくださったダイヤモンドですって。八千円。

龍介　八千円！（指輪を船子に渡す）

燁子　さあ、負けないわよ。

船子　……恋すてふゥー

燁子　はい。

龍介　（独白）諸君！　伊藤傳右衛門が妻燁子に与えた八千円のダイヤモンドの指輪は、諸君の長年の血と涙の結果なんだぞ。

燁子　この人には、白い桃のような若いお似合いのお嫁さんがくる。私みたいな成金の妻と仲良くしたら、世間はこの人のことをなんて言う。

船子　あひみてのォー

燁子　はい。でも、いや！　私の人生だって、一度しかないのよ……。

龍介　いやー惨敗です。

燁子　勝ちました。では明朝、おやすみなさい。

汽車の汽笛。

龍介　東京にお出にならないんですか。

燁子　出たいけど、行く理由も必要もありませんもの。

汽車の汽笛。

燁子、お辞儀をする。

しずかなる天地のうちにたゞ一人　生まれしやうの寂しさに泣く

燁子　あの朝、御一緒に別府を出て、汽車の中でお話ししていたらあっという間に小倉に着いてしまいましたね。九州では珍しくおとぎ話のような雪が降っていて。楽しい時間はどうして駆け足で過ぎていくのでしょう。お仕事、順調に進んでらっしゃいますか。汽車の中からシベリアに行くため門司港に向けて雪の中を行軍する兵隊さんを見ながら、御自分の無力を語ったあなたの無垢な心、自分がとうに失ってしまったものがまぶしくて。

降り積もる雪かと見れば　悲しかり行軍の子の肩に帽子に

龍介　たくさんの励ましのお手紙、ありがとう。現代の日本の労働現場はそれはひどいもので、その中で耐えて生きている工員たちの気持ちもささくれだっています。東京にいて働く者のユートピアを夢見ているのと、実際に現場で働く工員たちのすさんだ心持ちに出会うことはまったくちがいます。それを知って私も苦しみました。ですから、あなたの優しいお言葉が、すり切れた心の傷を癒してくれます。

5

大正九年暮れ。

トリオ出てくる。

梅　大臣大将の胸元に

ぴかぴか光るはなんですえ

金鵄勲章か違います

可愛い兵士のしゃれこうべ

トコトットット

松　東京に戻った龍介の元に七歳年上の燁子から恋歌入りの手紙が毎日届いて大正九年五月、シベリアのニコラエフスクで事件が起こります。休戦協定を無視した日本軍が革命軍に奇襲をかけ、それに対しソ連軍は増援部隊を送り、日本軍を全滅させ、日本人居留民、三百四十七名を皆殺しにしました。

入江家の食堂に、柳原義光と入江、信子。

梅　（歌う）成金の妾のかんざしに
ピカピカ光るは何ですえ
ダイヤモンドと違います
可愛い坑夫の脂汗
トコトットット

傳右衛門について船子が入ってくる。

傳右衛門　いやー入江様、このたびは、皇太子裕仁さまと久邇宮良子《ながこ》王女とのご成婚にあたり、侍従長の御大役、ご苦労様に御座います。
入江　（声を潜めて）実はそのご成婚で難題が出ましてね。
傳右衛門　難題？
信子　（低い声で）宮中某重大事件。
傳右衛門　重大？
入江　昨年、学習院の身体検査の折り、久邇宮家出身の学生お二人が色弱であることが判明いたしました。すなわち、島津家にはメンデルの遺伝法則にある色弱があることがわかりましてな……。
傳右衛門　島津家に雌鳥の法則ですか。
義光　いや、あの騒ぎにも裏があるのです。長州閥の大立て者山県侯爵は、薩摩の島津家から皇太子妃が出るのが気にくわない。できれば長州の姫君を宮中へ送りたい。で、良子さまに難癖をつけた。

船子　ちょっと待っておくれやす。ご結婚しやはるのは、裕仁殿下どっしゃろ。殿下のお気持ちだっておすやろに。誰かて好きな人と結婚したいもんどす。殿下の人権はどないなるんどす。

義光　殿下の人権だと？　人権というのは人間の権利を申す。ハッハッ。

入江　そう、殿下は現人神にあらせられるのですぞ。

船子　現人神？

傳右衛門　かわいい奴だ。ハッハッハッ。

入江　伊藤さん。今日は燁子さんは？

傳右衛門　東京は久しぶりですけえ、会いたい人もおるとでしょう……。

信子　まあ、度量のある旦那様。

入江　そうそう、このたび、伊藤さんのお力で燁子がまた歌集を出したのです。

義光　ほう、几帳のかげ。一ページに二首とは贅沢な歌集ですな。

信子　みなさん。この春には燁子さんのお芝居が東京で上演されますのよ。ご一緒致しません。

義光　なに、燁子の劇が。

入江　その稽古のために上京されたわけか。

信子　（本を開きながら）伊藤、近頃の燁子さんの歌、見ています。

傳右衛門　私は、この和歌という奴が苦手でしてな。

義光　なになに。「摩訶不思議　噂の生みし我といふ　魔性の女いくたりか棲む」
信子　ずいぶん思い切った、大丈夫？　伊藤。
傳右衛門　ハハハハハハ。

三味線の音がきこえ、ロウソクのか細い炎の中に女が浮かんだ。
女が舞う。

燁子　ローマの皇帝たちが建てた宮殿も教会もコロシアムも今は草の生い茂る廃墟。フフフ、伝ネムが私のために建てた銅御殿も同じ。目に見える物は、いつか崩れる。「黄金の戦車、百万の大軍、今は影をも留めていない千載を隔てて猶滅びざるものは両性の恋だ……恋のみが至上である」ラブ、イズ、ベスト。厨川白村先生。「罪ふかき穢れた吾等の生活が、浄められ高められ償はれて、無限悠久の力を得るのは女性の愛によってだ」ですって。違うわ。ラブ、イズ。デンジャー。

狂ったような舞い。

燁子　将来有望な学士様だって？　恋するのは、思いやることとちがう。自分と一緒になれば相手が幸せになると思って引かれるんじゃない。……男も女も何かが欠けているから、相手を求めるの。不幸だから、もう一つの不幸を求めるの。だって、神様がね、子孫を残すには、自分と異質な奴らと交わるよりほかにはないって決めたんですもの。ラブ、イズ、デンジャー。

女、しっとりと踊った。

燁子　人々の幸せのために？　人々ってなにさ。人はね。男か女かなの。ちがうものなの。異質なものに引かれるの。見つめ合う男と女の頭の中から、世界が消えちまうの。引かれ合う二人は、世間に背を向けるの。いいい。みんなの為って考える人たちは、世直しだ戦だって忙しい。でも女との深間に落ちた男は、シベリアなんかに行きたくなくなる。全人類の幸せなんて、どうでもよくなる。ラブ、イズ、デンジャー。

竹と梅が唱った。

6

二人　株が下がる　株が下がる
　小気味よくも金利も下がる
　成金どもが泣いて狂い
　首くるも因果応報

梅　当時、浅草オペラで流行りました「リゴレット」の『女心の唄』からでございます。大正九年四月、株式市場の大暴落が始まり、戦争景気のバブルがはじけます。

松　この年の五月、普通選挙運動の演説会を聞きに行っていた市川房枝が警察に呼び出されました。

竹　なんでや。

松　治安警察法第五十二条で、女子および未成年者の政治集会の参加は禁止する。

竹　（松をどっく）ちょっと待って、女子は未成年者と一緒か。

梅　（どっく）女子どもは、演説聞いてもあかんかったんか。

松　男どもは全国民に選挙権をというとるけどなあ。女には選挙権なんかいらんと思とった。

梅　（どっく）ちゅうことは女は国民でねえのんか？

松　貝原益軒曰く「女たるもの男をしのぎてものを言い、ことほしいままに振る舞うべからず。女の口の利きたるは国家の乱るる基となる」

梅　兄ちゃん！

松　昔のことや、昔のことや。

新人会の事務所。
重松、清水。

重松　龍介と白蓮が怪しい？　まさか。

清水　龍介はこのところ白蓮女史の稽古場に入り浸りだ。

重松　へえ。

清水　今日の神田の普選集会にも出ないって言う。何を考えてるんだ。

重松　（渡して）朝鮮の三一運動にエールを送っている奴の原稿だ。

清水　（読む）「朝鮮独立は、朝鮮人をして正当なる生活の繁栄の追求をなさしむると同時に、日本をして、他国を併合するという邪道から脱出せしめるものなりと我々はここに宣言する」

重松　今のあいつには、色恋沙汰に時間を潰す余裕はないはずだ。

清水　そんならいいんだけどな。

そこへ、「遅くなった」と龍介。

重松　市電のストライキはどうなった。
龍介　三千五百人体制でストライキに入ると言ってる。この不況で労働者はギリギリ追いつめられてるからな。今はいちばん大事なときなんだ。
重松　お前、今日の神田の集会、出ないんだって。
龍介　ああ、神戸の造船所の組合に向けたメッセージも、これから書き上げなきゃならんしな。
清水　年増女のお相手で、時間がなかったんじゃないのかい。
龍介　なんのことだい。
清水　お前、この春白蓮女史の原稿を取りに行ったとき、別府に泊まったろう。
龍介　ああ、汽車がなくなったから泊めてもらった。
清水　「君ゆけばゆきし淋しさ　君あればある淋しさに追わるる心」。この、君というのはお前のことだろう。
龍介　新聞社で三面記事の書きすぎじゃないのか。
清水　なんだと。
龍介　俺たちの貴重な時間をつまらんゴシップに使ってるときか。だいたい伊藤燁子っておばさん、今年三十六だぜ。馬鹿馬鹿しい。
清水　ならいいが……。

龍介　今、我が国は重大な岐路に立っている。右翼の浪人会が主張するように、西欧列強の真似をしてアジアに侵略の手を広げ、全アジアを敵に回すことになったらどうするんだ。
重松　いや、だからさ。我が国のアジア侵略をくい止めるためには、大多数の小作人や労働者が選挙権を得て働く者の利益を代表する政府を作ることだろうに。
清水　そうだよ、そのために今夜、神田で選挙権を要求する大会を開くんだろう。
龍介　そんなものは俺には、知識人と学生たちの道楽にしか思えんのだ。
清水　なんだと。
龍介　一日十二時間も働かされている労働者小作人には、演説会に行く時間も気力もない。
重松　しかし、我々の普選運動の高まりで政府も動揺しはじめているんだぞ。
龍介　俺は、亀戸のセルロイド工場で働く渡辺政之輔君と労働組合を組織した。賃上げは実現し、労働時間も十時間に縮めた。大成功だよ。
重松　だが、吉野先生は普選運動と労働運動が結びついて過激になることに反対だよ。ストライキを打てば、権力は警察や軍隊を出動させる。血が流れる。
清水　重松、そろそろ時間だ。吉野先生をお待たせしたくない。
重松　ああ、そうだな。
龍介　おい、新人会は、いつまで吉野作造の羽の下にいるんだい。
清水　なんだって?
龍介　吉野先生は、なんで民本主義などと言うんだ。デモクラシーの訳語なら民主だろう。どうしてこの国の主は国民だと言えないんだ。
清水　帝国憲法第一条「大日本国帝国ハ万世一系ノ天皇之ヲ統治ス」。民主といっても、日本の主は国民ではない。
龍介　そこだよ。吉野先生は、明治の元勲たちが作った憲法から抜け出せないでいる。貴族がいるから平民がいる。金持ちがいるから乞食ができる。人間の上に神を置いたりするから差別される人間が生まれるんだ。
重松　そこまで言って労働者はついて来るかな。
清水　おい、時間だぞ。
重松　ああ、（龍介に）考えてみる。行こう。
清水　おい龍介、気をつけろよ。浪人会のやつらが俺たちを狙ってるからな。
龍介　ああ、わかった。

重松と清水、出ていく。
龍介、原稿に取りかかる。
そこへ、ドアがギーと開く。

龍介　誰だ！　浪人会か。こそこそしないで出てこい！

燁子が「ご機嫌よう」と、顔を出す。

龍介　何の用です。

燁子　だってお芝居の稽古が終わると……。

龍介　まあ、入りなさい。

燁子　よかった。叱られるかと思った。

鼻緒の切れた下駄を持ってタタキに立つ。

龍介　どうしたんです。びしょ濡れじゃないですか。

燁子　角を曲がったところで、ころんじゃった。

龍介　ああ、ちょっと待ってくださいよ。

と、手ぬぐいを持ってくる。

龍介　足、出して。

龍介、燁子の足を拭く。

龍介　こんなに冷え込んじまって。
燁子　ごめんなさい。旅館に一人いても、時計の針ぜんぜん進まないんだもの。ご迷惑だった？
龍介　迷惑です。
燁子　あなたに会いたくて来たのよ東京に。
龍介　あなたは芝居の稽古に来た。終わったらすぐに筑紫へお帰りなさい。
燁子　あんな男のとこ帰りたくないんだ。
龍介　あなたは昨日、船子を連れて三越呉服店に行ったそうですね。
燁子　そう。むしゃくしゃするから、あいつのお金をいっぱい使ってやった。
龍介　あなたはご主人がいかにひどい男か、たくさん僕に話してくださった。でも、伊藤傳右衛門という男は一介の炭坑夫から、炭坑主になった立志伝中の人だ。彼は六十年、絶えざる努力といかなる逆境にもめげない意志の強さではい上がってきた。それに引き替え、あなたはなんです。貴族の家に生まれて何不自由なく育って……。なにが不足なんです。
燁子　この前、半年ぶりに稽古場でお会いしたときは、とっても優しかったのに。
龍介　いいですか。あなたは自分が不幸だって嘆くけれど、あなたを不幸と言ったらこの世界に不幸なんて言葉がなくなります。本宅の外に博多と別府に御殿を持って……。運転手付きの車を持って。そんな生活のできる女性が今の日本に何人います。
燁子　なんでわからないの。人の幸せはお金では買えないわ。

龍介　なんでわからないの。こっちで言ってるんだ。現在の日本には、いやアジア全域に、腹を空かせて眠ることもできない我が子に茶碗一杯の飯を食わせてやりたいと……何十万、何百万の母親が今の今も心を痛めてる。そして、彼らはどうしたらそんな生活から抜け出せるか、その術さえ知らない。

燁子　だから、あなたたちは労働者とともに闘うのね。……そして、人間たちが慈しみ合って生きる平等社会を作ることを夢見てる。学校へ行けない子どもたちもいなくなる。一日十二時間炭坑で働く女たちもいなくなる。赤紙一枚でシベリアに行かされる若者たちもいなくなる。ねえ、お金のために不幸な結婚をする女もいなくなるの？

龍介　そんな日が来ます。いや、来させなきゃいけない。

燁子　いつ来るの。五年先、十年待つの？

龍介　長い道のりだと思います。

燁子　女というものはずっと我慢して待ってればいつか幸せがくる、そう教えられて、小さなときからずぅーと待ってた。……ある日気づいた。人間て老いていくんだって。十年も経ったら私は……

龍介　伊藤さん。

燁子　あら怖い。なんでしょう改まって。

龍介　伊藤さん。あなたにはあなたの人生がある。そして僕には僕の仕事がある。帰ってください。

燁子　チェッチェッ。

会ひ見てはすねてもみたく　別れては泣きて哀れみ乞はむとも思ふ

燁子、トボトボ暗闇に出ていく。

燁子　（歌う）結綿の赤い鹿子が夢を見た
見た夢　どんな夢　話されぬ
いうたらみんな消えるそな
大事な大事な夢じゃもの
獏に喰わせてなるものか

暗闇の中、龍介、燁子を追って出てきた。

龍介　あなたのお詠みになる歌もお芝居も贅沢な夢です。夢見ることと行動することはちがいます。夢だけ見ているのは現実からの逃避です。
燁子　現実？
龍介　そう。現実の自分をもっと見つめるべきです。
燁子　汚れた私なんか見たくない。自分の体に残された侮辱の歴史なんか忘れてしまいたい。

龍介　そうやって、被害者のふりをするが、あなたは加害者ですよ。

燁子　私が加害者？

龍介　船子は、あなたが伊藤さんに勧めて京都からつれてきた妾でしょう。自分がお金で成金の家に嫁がされたと嘆きながら、他の女を亭主の妾にしてる。

燁子　他人の家に嫁ぐってことが男のあなたにわかる。九年前、私ほんとにいいお嫁さんになろうと思って筑紫へ向かった、たった一人で。五百坪の大きな家の中に、長いこと傳ネムと暮らしてきた女たちがいたのよ。女たちがどっと笑っても私一人、置いてきぼり。筑紫の言葉も分からない。三月もしないうちに、傳ネムは、その女の一人を私の部屋に連れ込んで、抱いた……。私はその横で……。

傳右衛門と、おさよの歌声が聞こえてきた。

おさよ　伯爵夫人となるよりも
月のさし込むあばら屋で
主さんお庭でわら仕事
わたしゃお側で針仕事

二人　サノヨイヨイ

燁子　傳ネムが私の味方でないとわかったときの恐ろしさ。私、一人でもいい、心を許せる人がほしかった。そして、京都で船子を見つけた。元気で正直で優しい娘だったわ。私の身の回りの世話をさせたのよ。その船子が傳ネムに惚れた。傳ネムも私よりずっと船子を……。妬んでなんかないわ。だって私、傳ネムから逃れられたんですもの。

外道たち出てくる。

傳右衛門　酒は酒屋で飲んできた。
歌はみちみち歌うてきた
カカよ帯解け床のべろ
お前の玄関口こっち向けろ

全員　サノヨイヨイ

龍介　愛するってことと、自由になるってことをごっちゃにしちゃあいけない。あなたがご主人に不満があるなら、まずご主人と離婚なさい。愛することと自由になることはまた別だ。

燁子　愛することと自由になることをごっちゃにしちゃあいけない？　あなたは、はじめてのお稽古の後、神田のおでん屋を出た暗がりで私の唇を奪った。あれはあなたの愛。それともあなたの自由？

龍介　ああ！　あのとき、僕はどうかしてたんだ。
燁子　僕は肋膜をやってます。あまり近づくとうつりますよなんて言いながら。
龍介　反省しています。
燁子　反省しちゃうの？　つまり、淋しい年増女にちょいとお情けをくださったわけ。
龍介　いいえ、僕は……手紙にも書いたとおり、あなたのような女性は初めてだった。
燁子　おおきに。
龍介　僕の周りには、一緒に運動を続けている若い女たちがたくさんいます。……でも、あなたは……人が見過ごしてしまうものを見る目を持っている。そして、あらゆる権威に負けない強い心がある。しかし……。
燁子　しかし、僕には仕事がある？　そのお仕事って人を愛してはいけないお仕事なの。
龍介　……。
燁子　あなたとずっと一緒にいたい。遠くから一人ぽっちであなたを思ってるなんてもういや。
龍介　しかし、僕には……。
燁子　（龍介の口を手で塞いで）お喋りはもうたくさん。夢見ることと行動することは違うんでしょ。
龍介　燁子さん。

二人は抱き合った。

燁子　一人はいひぬ。「同じ世に生まれたるよろこび」と。
龍介　一人はいひぬ。「同じ世に生まれ、逢ひたる悲しさ」と。
二人　二人はいひぬ。「さあれ後の世を見む」と。
燁子　「わが命惜しまるるほどの幸ひを　初めて知らむ相許すとき」

二幕

7

竹　（歌う）恋はやさし野辺の花よ
　　夏の日のもとに朽ちぬ花よ
　　熱い思いを胸にこめて
　　疑いの霜を冬にもおかせぬ
　　わが心のただひとりよ

松　浅草オペラの歌姫安藤文子が「ボッカチオ」で歌いました「恋はやさし」でございました。

竹　兄ちゃん。なんで、浅草なんかにハイカラなオペラが流行ったん。

松　文明開化で東京にたくさんの工場ができて、全国から労働者がいっぱい集まってきたやろ。そこへ目をつけたんが浅草の興行師たちやった。欧州から入ってきた高級なオペラの中から、大衆に受けやすい唄に日本語の歌詞をつけてヒットさせたんやん。

竹　東京は浅草オペラ。ほんなら大阪は？

松　よう、聞いてくれはりました。東京がお芸術なら、上方はお笑いや。そう思うた吉本せいちゅうおなごは、旦さんと一緒に上方のしゃべくり漫才に目えつけ、「南地花月亭」「天満花月亭」を開きはった。

梅　笑いと政治風刺のしゃべくり漫才は大阪人に大受けでな。大正十年には関西一円、二十軒の寄席がでけた。えーっとエンタツ・アチャコやろ、ずーと来てヤスキヨ、さんま、紳助、ほんでダウンタウン。これが今をときめく吉本興業のルーツなんや。憶えときや。いらっしゃーい。

おかめに、ゲラ刷りを持って清水。

清水　明日のアサ刊一面は神戸の三菱造船所の争議で、賀川豊彦相談役以下二百四十人の逮捕がトップ記事。我々の受け持ちの三面は、「恋の石原博士、ついに教壇を去る」。

キヨちゃん　大学教授も落ちたものねえ。

中川　妻子を捨てて恋にうつつを抜かす大学教授もいる一方では、死者まで出して警察や軍隊と闘う労働者もいる。

原田　中川君。仙台の石原教授と岩手の山奥に住む原阿佐緒が知り合ったのは伊藤左千夫の主宰するアララギ誌上。与謝野晶子が鉄幹と知り合ったのは「明星」。歌壇というものは危険な姦通同好会かね。

中川　「柔肌の熱き血潮にふれもみで」か。

清水　いや、与謝野晶子にはもっと大胆な歌がありますよ。

原田　ほう。

清水　「春みじかし何に不滅の命ぞとちからある乳を手にさぐらせぬ」

中川　男におっぱい握らせたか。

清水　これまで女の乳房は育児のための物とされてきました。
中川　そうか。祖国を建設する労働者や、国を守る兵士を産み育てるための器官であった生殖器と乳房が快楽の器官へと使用目的を変えた。
キヨちゃん　あら、やだ。
清水　女たちの夢、願い……。雪深い山奥の麦藁屋根の下の、女房を女中としか思っていない亭主。筑豊の御殿で妻を博多人形のようにしか考えていない夫。そんな亭主との暮らしを一生続けなくてはならない女たちが、涙をこらえて三十一文字に思いのたけを綴るんです。そして、幻の恋人、美しい心とたくましい体を持った男に抱かれる夢を歌に詠むのです。
原田　お向かいの日々新聞は、柳の下の二匹のドジョウを狙って（新聞をヒラヒラ）白蓮をモデルにした菊池寛の『真珠夫人』の連載を始めるそうだ。
中川　それが大評判となって日々は購読者を増やす。そこで、我が原田社会部長は京都帝大教授厨川白村に「近代の恋愛観」連載を依頼した。
原田　これが大当たり。
中川　「自由恋愛が、西洋からの外来思想だというのは無知の徒の偏見にすぎない。万葉や平安文学をみよ。日本人の恋愛観は古来から霊肉一致のものであった」
キヨちゃん　（新聞を読む）「恋愛によらずに家と家との都合で決定される結婚は売春である」ふーん。結婚も売春なの。

京都の旅館につくつく法師が鳴く。
正座してじっと中空を見ている龍介。
燁子がビールとコップをお盆にのせて来る。

燁子 さあ、暑いからビールをどうぞ。
龍介 ……。
燁子 ねえ、私といるときは、造船所のことは忘れて。
龍介 ああ。
燁子 造船所の工員が殺されたのはあなたのせいじゃないわ。
龍介 賀川豊彦先生と一緒に検挙された労働者たちの家族はこれからどうなる。
燁子 姫路師団に出動要請をした兵庫県知事が悪いんでしょ。
龍介 闘いに疲れた職工は次々に職場に復帰し、争議は完全な敗北だ。そして、職工にストライキを呼びかけた僕は君とここにいる。
燁子 今度は三日も待たされた。明日は筑紫に帰らなけりゃならない。
龍介 宇治、嵐山。いい思い出になったよ。
燁子 思い出？
龍介 もう、これっきりにしよう。こんなこと続けられないよ。
燁子 これっきり？

龍介　このまま行ったら、いつかは君のご亭主に知れる。
燁子　知れたらいけない。私たちのしていることは恥ずかしいことなの。
龍介　これは、やっぱり法律的に言っても……
燁子　姦通罪？　ハハハハ。
龍介　何がおかしい！
燁子　帝大法学部の学士宮崎龍介さまはかつてこう申された。法律なんて、権力者の都合で勝手に決められたもの。選挙法しかり、天皇の統帥権しかりだ。姦通罪だって同じことでしょ。私、監獄なんて平気よ。

遠くの寺の鐘が鳴った。

龍介　北原白秋は姦通罪で監獄に入って、歌人として世間から抹殺されたよ。
燁子　いいじゃない。滅びるものは滅びれば。しょせんそれだけの歌詠みだったのよ。柳原白蓮なんか滅びてもいい。
龍介　一緒に滅びようか。
燁子　ええ！
龍介　いつまで経っても、僕たちは一緒になれない。
燁子　死にたいんだったら、あなた一人で死になさいよ。……ああ。見て。蝶々が……。

龍介　おい、僕が真剣に話しているときになにが蝶々だ。
燁子　私のお腹に赤ちゃんがいるのよ。
龍介　僕の子供か。
燁子　……あなたは信じなくても、傳ネムには分かっちまうのよ。だって私、あの人とは……。
龍介　そうか。宇治に行ったときか。
燁子　あなたは造船所に行ってて二日しか来なかったけど。
龍介　じゃまだ三か月だ。
燁子　来年の四月だろうって。
龍介　医学部に友達がいる。
燁子　……それで。
龍介　だって無理だよ。君は結婚している身だし。
燁子　心中はやめにして、子殺しか。
龍介　……。
燁子　今、私のお腹の中で、もう一つの物語が始まっている。だから私、死なない。あなたの、いいえ私の子供を産んで育てる。
龍介　そんなこと、世間が許さないよ。
燁子　世間が許さない？　じゃ、警察が、軍隊が、政府がこの子を殺せる。傳ネムは怒り狂うでしょう。でも傳ネムにこの子を殺せる。誰も手出しできない。ハハハハ、ざまあ見ろ。だって、どんな法律より、この小さな命のほうがずっと強い。ちがう。

龍介　傳右衛門の家を出るのか。

燁子　いけない？

龍介　無理だよ。君は明日には筑紫へ帰らなきゃならない。そして、あの家では、みんなが君を見張っている。

燁子　誰にも気づかれないように家を出るわ。

龍介　無理だよ。

燁子　着の身着のままであなたのとこへ行くの。

龍介　君には無理だ。

燁子　どうして？

龍介　君は生まれて一度だってひもじい思いをしたことがない。そんな君に母親は無理だ。

燁子　産んでみなければわからないでしょ。

龍介　のんびり歌なんか詠んでられんぞ。

燁子　わかってる。

龍介　そんな京都の着物なんて着られないぞ。

燁子　わかってる。

龍介　倫敦アットキンソンの香水なんてつけられないぞ。

燁子　私お豆腐ぐらい買いに行けるわ。

龍介　本気かい。

燁子　皇太子殿下が欧州旅行からお帰りになった。

龍介　なんだ、また急に。

燁子　裕仁さまと外遊された入江侍従長のお疲れ会に、私、傳ネムさんと上京することになってる。

龍介　いつだ。

燁子　来月。

龍介　それで。

燁子　それで私はもう二度と博多には戻らない。

龍介　燁子。

燁子　ほら蝶々、見てよ。

昨日咲きし花は　受胎のいとなみに余念もなくて蝶の遊べる

8

クラシック音楽が鳴り響く。
高い場所に、入江侍従長、信子夫人、柳原義光、傳右衛門。

傳右衛門　いやー入江様、半年にわたる裕仁殿下の御随行という大任、ご苦労様でございました。
入江　日本では、お付きの人々と警備の警官に囲まれている殿下も、外国なら人だかりもありませんから。パリーでは、殿下は私と二人だけでモンマルトルから一区間メトロにお乗りになりましたよ。
傳右衛門　そのペトロたあ、なんですな。
信子　地下鉄道のことをメトロと言います。
傳右衛門　ええ！　石炭掘るのに地下にトロッコを通すのはわかるが、人間をどうして暗い地下に連れ込む必要がある。
義光　東京でも、上野・浅草間にメトロを通す工事が始まるようですよ。
傳右衛門　なんで真っ暗な地下に鉄道なんかを。そんな恐ろしいもんにわしは乗らんぞ。（立ち上がって）絶対乗らんぞ！
義光　まあまあ、そんな興奮せんでも。
入江　国内じゃ殿下が市民と一緒に鉄道にお乗りになるなんてことはできないからね。殿下は籠の鳥が始めて空を舞ったようだと涙を浮かべられた。しかし、今回の外遊の一番の収穫は、バッキンガム宮殿の晩餐会でのジョージ二世殿下のスピーチです。

義光　王様は、どんな演説を？

入江　「欧州戦争の終結から五年、我が英国は戦の痛手からまだ立ち直ることができないでいます。国民には重い税金が課せられ、労働争議が頻発。誇り高い我が英国国民は、疲弊した英国を外国の皇太子に見せることを残念に思っています。にもかかわらず、これから日本国の国王となられる裕仁親王のお立場を考えると、戦争というものがいかに無益であるか、とくと目と心に焼き付けていただきたいと願っているのです」

義光　裕仁殿下は、戦争の無意味さを心に焼き付けられたに違いない。

信子　伊藤。今日は燁子さんは？

傳右衛門　何やらみやげ物買うとかいうて。私ども下々の者が心を痛めておりますのは、天皇様のお体の具合はいかがかということで。

入江　はかばかしくない。近頃ではお言葉にも差し障りがあらせられ、来月の陸軍大演習も裕仁親王がご名代で出席あらせられるそうだ。

傳右衛門　おいたわしか。

義光　そんなわけで、裕仁殿下は次の皇室会議でいよいよ摂政になられる。

傳右衛門　セッショー？

入江　我が国では、聖徳太子、そして中大兄皇子に次いで史上三人目の摂政です。

傳右衛門　史上三人目が裕仁殿下。もったいなか。

そこへ「お待たせいたしました」とかん高い声で燁子が入ってくる。

燁子　お義兄さま、お義姉さま、ご機嫌よう。お義兄さま。半年にわたるご外遊、さぞお疲れになられましたろう。

入江　三月三日に横浜港を発ったとき十九歳であらせられた殿下は、地中海上で御二十歳の御誕生日を迎えられましてな。

燁子　まあ。

傳右衛門　すると入江様、次には良子王女とのご結婚。そして待ちに待った御世継ぎの皇子のご誕生ですな。

燁子　そうですわね。

入江　はい。

義光　東宮侍従長の最大のお仕事ですからなあ。

燁子　お義兄様が外遊されている間の日本は、そりゃひどいもんでしたのよ。神戸の造船所のストライキが石川島に飛び火して。それに先月、安田財閥の安田善次郎が大磯の自宅で暗殺。

傳右衛門　安田様は東京帝大に講堂建設資金百万円を寄付しておられたとですよ。

入江　伊藤さんが燁子のために博多に立てられる銅《あかがね》御殿も敷地五千坪、建築費八十万円だとか。

燁子　ホホホ。来月の完成を楽しみにしておりますのよ。
傳右衛門　いやいや、不肖私、これからも、お国のための石炭増産にますます励む所存でございます。
入江　石炭も出してもらわねばならぬが、そろそろお子さんのほうも。
信子　そう。結婚してもう十年。伊藤家の世継ぎの皇子さまはいつ？
傳右衛門　ハハハハ。これればかりは神の授かり物ですから。
義光　仕事でお疲れが過ぎるのでは。
燁子　まあ、嫌なお兄様。（と、立つ）

この道は魔の淵にゆく方角と　何とはなしに囁き聞こゆ

＊

おかめ。

原田　なるほど。鳥籠から出た小鳥ってわけだな。
中川　はい。裕仁殿下はおっしゃいました。いちばん楽しかったのは、アソール公爵からスコットランドに招かれたときだったと。
原田　ほう。
中川　アソール公はある夜、舞踏会を開いてくださったのです。お城には百人を越える土地のものたちが集まりました。そこで、公爵は「スコットランドの舞踏をお目にかけましょう」と言って、農夫たちと踊り出したんです。正装の公爵と野良着の土地のおかみさんが手を取り合って踊るんですよ。

原田　さすが無血革命をやった国だ。

中川　帰りの船の中で、殿下は私にこう申されました。「貴族富豪が、アソール公爵のような質素な生活をして、公共のために全力を傾ければ、ロシアのような革命など決して起こるものではない」。

原田　裕仁殿下が一介の新聞記者のお前に声をかけられた。

キヨちゃん　摂政殿下って素敵ねえ。

原田　殿下の連載記事が始まると、その先が読みたいと庶民が競って新聞を読むようになった。おかげで我が朝日新聞の発行部数はついに百万部の大台を越えた。それもひとえに君たち特派員が半年に渡って、若き裕仁さんの人柄を伝えてくれたお陰だ。ご苦労だった。

キヨちゃん　横浜から宮城までの沿道には、日の丸の旗をかざす人たちで一杯だったってね。

そこへ清水。

中川　どうした、清水。

清水　小鳥は鳥籠から大空に飛び立ちました。

原田　裕仁殿下がね。
清水　いえ。伊藤燁子が出奔いたしました。
中川　柳原白蓮が家出？
清水　イプセンのノラはたった一人の家出でした、ところが……。
原田　筑紫のノラには、男がいるのか。
清水　帝大新人会の宮崎龍介、仲間です。
原田　ああ、神戸の造船所の労働争議を指導したあの男。
清水　その龍介の父親が、孫文の支那革命を助けた宮崎滔天。
原田　ええ！　支那浪人の宮崎滔天の息子と、新興成金の妻。うーん、面白すぎる。
清水　それで、伊藤傳右衛門への絶縁状をどこかの新聞で独占発表したいと。
原田　(手を挙げて) ハイ、ハイ、ハイ。
清水　うちでやりますか？
原田　女房のほうからの三行半とは前代未聞だ。お向かいの日々新聞には漏れてないんだろうね。
清水　宮崎龍介の親友、重松克麿がただいま、そこで待っています。お会いになりますか。
原田　バカバカバカ。早く会わせろ！

清水、出ていく。

原田　（歩き回って）菊印の桃色遊戯。ヒッヒッヒッ。盆と正月が一緒にやってきた。
キヨちゃん　部長、あまり興奮すると、また血圧が上がるよ。
原田　うーん。鳥、囚われても飛ぶことを忘れずか。

そこへ、重松を連れて清水。

清水　こちらが、うちの社会部長。
原田　（威厳をもって）原田です。
清水　全国鉱山組合理事の重松克麿君です。
重松　燁子さんの離別の決意は聞いてまいりました、それに添って私が書きます。
原田　君が。
重松　不幸な妻の家出ではなく、現代日本の男社会の道徳や通念を根こそぎにする行動として、絶縁状を発表したいのです。
中川　たかが人妻の浮気だろうが。
重松　この国の婦人に選挙権がないということと、貧しい女たちが生きるために身を売ること。また、上流の女たちが家のために好きでもない男と夜毎目合《まぐあ》わねばならぬことは繫がっているんです。全国の津々浦々に生きるすべての女たちが惚れた男と目合い、体中から歓喜の呻きを上げる日、彼女たちは政治的権利も獲得しているでしょう。

中川　さすが、帝大弁論部。
清水　でしょう。
原田　（立ち上がって）うーん。王者の求むる塒《ねぐら》を捨てて孔雀のやうな艶美の生活を捨てて愛に生きゆくは、我が国の結婚制度、社会制度の少なかざる欽陥に対する大胆な挑戦である。
中川　さすが部長。
キヨちゃん　でも、ちょっと難しい。
重松　どの程度のスペースをいただけますか。
原田　社会面、十二段抜きだ。
中川　十二段抜き！

燁子が浮かぶ。

燁子　ゆくにあらず帰るにあらず居るにあらで生けるかこの身死せるかこの身
「私は今あなたの妻として最後の手紙を差し上げます。ご承知の通り結婚当初からあなたと私との間には、全く愛と理解を欠いておりました。私が儚い期待を抱いて東京から九州へ参りましてから十年になりますが、其の間の私の生活は只遺瀬ない涙で蔽われておりました。今更くどくどしく申し上げませんがあなたに仕えている多くの女性の中には、あなたとの間が単なる主従関係だけではないと思われるものもありました……」

＊

おさとが傳右衛門の耳掃除をしている。
そこへ、義光、新聞を持って「大変だ」と入ってくるが、声は聞こえず、すべてパントマイム。
傳右衛門、新聞を開く。

燁子の声　「併し幸いにして私は一人の愛する人を与えられました。虚偽を去り、真実に就く時が参りました。依って此の手紙により私は全力をあげて女性の人格的尊厳を無視するあなたに永久の決別を告げる事にいたしました。長い間の御養育下されたご配慮に対しましては厚く御礼申し上げます」

そこへ鉄五郎があわてて、やってくる。

義光　（土下座して）伊藤さん、相済まぬ。
傳右衛門　信じられぬ。あの燁子が。
信子　所詮、妾の子だからね。
鉄五郎　二万円で買うた女が。こりゃあ、女郎が借銭を踏み倒して逃げたようなもんですたい。
傳右衛門　新聞だって「妻の側から三行半とは珍しい」と書いちょる。

郵便はがき

101-0064

東京都千代田区
猿楽町二—四—二
（小黒ビル）

而立書房 行

通信欄

而立書房愛読者カード

書　　名　恋ひ歌　　277—3

御住所　　郵便番号

(ふりがな)
御芳名　　(　　歳)

御職業
(学校名)

お買上げ　(区)
書店名　市　書店

御購読
新聞雑誌

最近よかったと思われた書名

今後の出版御希望の本、著者、企画等

書籍購入に際して、あなたはどうされていますか

1. 書店にて　2. 直接出版社から

3. 書店に注文して　4. その他

書店に1ヶ月何回ぐらい行かれますか

(　　月　　回)

義光　それは、ミクダリハンと読むのです。

傳右衛門　三行半どころか、六十行も書きおって。

鉄五郎　親分が、歌集を出してやらにゃあ白蓮なんて歌人もいなかったちゅうことを忘れてちょる。ご一新前ならば、二人を重ねてばっさりと。

傳右衛門　（怒りを必死に堪えて）いやいや、鉄。逃げた女に未練を持ちゃあ、筑豊の川筋男の名が廃るちゅうもんだ。おい、鉄、燁子が我が家を出ていけば昔のように高菜漬けがガバガバ食えるたい。

鉄五郎　そう。臭い臭いと高菜漬けを野蛮人の食い物のように蔑みやがって。

おさよ　筑紫育ちの私らを馬鹿にしくさって。旦那さん、元気出してください。

傳右衛門　あんたな女、欲しい奴がおるなら、熨斗つけてやるくさ。鉄、きれいどころを片っ端から集めちこい。

鉄五郎　きれいどころを。

傳右衛門　湯ばたっぷり沸かせ。な、この座敷に湯船ば持ち込んで、女ごらと風呂に入って紅葉見物たい。

（歌う）倒れし芸者を抱き起こし
前を開いて眺むれば
三国一の富士の山
甲斐で見るより駿河よい
トコトットット

（淋しくなって）あんな貧乏学生のどこがよかとか……。

船子が「旦さん」と入ってくる。

傳右衛門　なんか。

船子　博多からお電話で「十一月二十六日の落成祝い」には、市長はんも商工会議所の会頭はんもご出席なさらはりますて。

傳右衛門　うぉー！

船子　どうなされました。

傳右衛門　今朝、博多ン町じゃ、みんなこの新聞ば読んで噂しちょる。銅御殿の落成式には、博多の名士が勢揃いだ。奴らは言うじゃろう。女房のご機嫌を取るために建てた博多御殿に誰も住むもんがおらん。安田善次郎は刃物で殺されたが、伊藤傳右衛門はこの離縁状で殺された。鉄。あ奴ら二人を姦通罪で訴えちゃる。

義光　伊藤さん、すまぬ。

傳右衛門　伯爵。燁子は今、どこにおるとですな。どこにおるとな！

船子　うち、そんなことわからしません。（と、去る）

義光　伊藤さん、ここは冷静に。

傳右衛門　ああた、自分のカミサンば寝取られちょって冷静でおられますか。
義光　わしは盗まれたりはせん。あんたは女房一人、操縦できなかった。
傳右衛門　なんじゃと。
義光　もし、このことが燁子と義兄弟にあたる、畏れ多くも……
傳右衛門　ははあ。（頭を下げる）
義光　今上陛下の耳に届いたら、いかにお悲しみあろうかと。
傳右衛門　そげなご心配ばおかけしちょったとは知らずに……。
義光　燁子を法廷に引きずり出して、病んでおられる今上陛下にこれ以上ご心配をおかけするつもりか。
傳右衛門　いえ、そげな。とんでもなか。
義光　いや、わかっていただければいい。さあ、これよりは、我が柳原家と伊藤家とは手を取り合って、降りかかった試練に立ち向かおうではありませんか。
傳右衛門　（感極まって）伯爵。
鉄五郎　親分、じゃ、二人が一緒になるのを認めるとですか。
義光　伊藤家を去り我が家に戻れば燁子はまた伯爵家の女。華族の結婚は宮内省の許可が必要です。
傳右衛門　宮内省の許可。
義光　二人を、蛇の生殺しというのはいかがかな。

再び、船子が「旦さん」と入ってくる。

傳右衛門　今度ぁなんか。
船子　燁子奥様のお知り合いの日々新聞のお方がお目もじをと。
傳右衛門　ノーコメント！
船子　そやかて、ぜひ日々新聞に伊藤傳右衛門氏の反撃を載せたいていうてはりますのや。
傳右衛門　わしの反撃？　ようし。

傳右衛門、正座した。

傳右衛門　……燁子。妻から夫に絶縁状ば叩きつけたちゅいうことも初めてなら、またそれが本人の手に渡らない前に堂々と新聞に現れるちゅうことも不思議なことたい。俺は新聞の記事ば読んで一時はかなり亢奮もした。しかし落ち着いて考えると、お前ち云う一異分子を除き去った伊藤家が、今後円満に一家団欒の実をあげ得るちと思うと、俺自身としては将来非常な心易さを感じちょる。

松、竹、梅、出てくる。

梅　東京日々と大阪毎日に、傳右衛門の反撃が載ると、世論は挙げて燁子の不倫を責め立て始めました。すぐ、髪を切って尼寺に入って、法華経でも読めとか。

松　燁子に日蓮の教えか。おお、日蓮の日に点を付ければ白蓮だ。

梅　白蓮はテンデ日蓮になれない。

竹　そやかてあたしかて、金持ちの爺さんより、帝大出の若い弁護士さんを取りますわ。

松　けど、今の不倫と違うて、姦通罪で監獄入るんやで。

梅　そっか。

松　不倫ゆうたら、こないだの選挙で、あんたらはフリンした議員を落選させたやろ。

梅　そらあの人の奥さん、一所懸命亭主のために選挙やってたのに、亭主は若いタレント議員とフリンしたんやもの。

竹　そらゆるせんな。（去る）

松　その一方で、汚職して金儲けした議員さんたちは再選されとる。どういうこっちゃ。建設大臣が土建屋から金貰うて、国民の税金使うて、いらん道路やダム作るのと不倫とどっちが困る。

梅　まずは悪い政治家からやっつけな。日本をワヤにする悪徳政治家をぶち殺せ！

松　なんかケッタイやなあ。さてお話は物語に戻ります。

9

宮崎家。
燁子と龍介。
袋を持った槌子が「よっこらしょ」と登場。

槌子　お待たせいたしました。
龍介　燁子です。
槌子　龍介の母です。
燁子　世間知らずの不束者ですが、よろしくお願いいたします。
槌子　まあ、うちは堅苦しか仕来りなんてないけんね。
龍介　母上、ご苦労をおかけしますよ。なにしろ、子供時分から一人で外出したことさえない。
槌子　わが家にあったとは、決してお金で跪いてはならんという家訓が一つだけ。
龍介　この人、二十二になるまでお金、触ったこともなかったんです。
槌子　ええ！
燁子　いろいろ教えてください。
龍介　今日も風呂の焚き付け、たくさん来ましたね。
槌子　ああ、不景気っていうとに、切手代だってもったいなかよ。

燁子　お風呂の焚き付けですか？
龍介　日本全国からの投書。あんまり多いんで牛込郵便局がね、年賀状配達に使う袋で届けて来るんだ。
燁子　私たちへの励ましのお手紙ですの。（と、手を出す）
龍介　よせ、よせ。読むだけで気持ちが悪くなる。
槌子　さあ、宮崎に見られへんうちに燃やしとかんと。

そこへ「龍介が、帰っとっとか」と、滔天の声。

槌子　燁子さん、こちらでお待ちください。
燁子　はい。（槌子に連れられて去る）
滔天　（入ってくる）ようよう。
龍介　お久しぶりでございます。
滔天　よう戻った。
龍介　この五月、孫文先生によって支那に念願の新政府が樹立されましたね。
滔天　うむ、一応はな。（不機嫌）
龍介　父上は、孫文先生の招待を受けて、広東まで行かれたそうですね。
滔天　（突然）この地上に飢えに苦しむ子供ばなくそう。人と人とが慈しみ合いながら生きられる楽園ば作ろう。（指をかざして）孫文先生とわしはパラダイスを夢見て、山道を登っていった。

龍介　はあ。

滔天　道のりは険しく人は現実との妥協ば強いられる。……パラダイスにたどり着いたつもりが、天国ば（指を下げて）薄汚れた自分の位置まで引き下げたにすぎん。

龍介　父上、しっかりしてください。

滔天　龍介、達者にやっとるか。

龍介　はあ、それが。

槌子、入ってくる。

滔天　（槌子に）おい。

槌子　なんです？

滔天　何ですは、なかろう。親子、久しぶりの対面たい。

槌子　お医者さんが、ああたの腎臓はもう膨れ上がとって爆発寸前。一滴のお酒で命取りになるって。

滔天　わしが飲むとじゃなか。

槌子　五十年、それに騙されてきました。

滔天　龍介。どがん女に惚れてもよかばってん、カミサンば選べよ。槌子んごたる偉か女と一緒になるなよ。辛かぞお。

龍介　はあ。実は父上……。
滔天　龍介。日本ば頼むぞ。四年の歳月、戦費十億をかけ死者三千ば出したシベリア出兵で、何が残った。家ば焼かれ、家畜ば徴用されたシベリアの百姓たちは、孫の代まで日本人がやったことを忘れはせんぞ。
龍介　父上。本日、お訪ねしたのは……
滔天　わしらは、すべて間違えた。明治さんはただ薩長の奴らが権力を取るために必要とした錦の御旗、玉にすぎんとわしらは思っとった。ばってん、それから六十年。幸徳秋水の大逆事件、乃木大将の殉死。いつしか、民の心の中に菊の御紋に対して畏怖する心が生まれよった。
龍介　今日は、お願いがあって参りました。
滔天　金の無心はいかんぞ。
龍介　いえ、私、このたび、人生の伴侶を見つけまして。
滔天　伴侶。そうか、そうか。よか女子《おなご》か。
槌子　柳原白蓮と申す歌人で。
滔天　ビャクレン？　知らん。
龍介　本名は、柳原燁子と申しまして。
滔天　なにぃ、柳原。そ奴は柳原前光伯爵の娘じゃなかろうな。
龍介　はい、柳原前光が側室に生ませた女です。
滔天　ダメ、ダメ、ダメ、ダメ、ダメ。柳原は我が宮崎家の敵たい。よかか。その女の父柳原前光は西南戦役の折り、西郷軍ば皆殺しにした張本人。俺の兄上宮崎八郎も壮烈な戦死ば遂げた。その死ば聞いた七歳のわしは、維新政府と生涯闘うことを決意したったい。そがん柳原の娘に……。

槌子　五十年も前の話ば、今さら言い立てたってしかたなかでしょう。

滔天　ようなか。よかか。奴らは日本を西欧並みの中央集権国家に変えるために、天皇さんを担ぎ出して。今まで会うたこともない琉球の漁民と蝦夷の漁師までも無理やり一つに繋ぎ合わせてしまったたい。

龍介　しかし、中央集権的国家を作らなければ、日本は西欧列強の植民地になっとったでしょう。

滔天　その上、日清日露の戦。勝った勝ったという提灯行列の中に、十二万の戦死者の家族たちのすすり泣く声がおまんには聞こえんのか！　そぎゃんときに柳原の娘などと乳繰り合って。だいたいお前は女ん好みが悪か。女房貰うんなら、この槌子のような……。

槌子　そがんことより、そん燁子さんは他家に嫁いで十年になる人ん奥様です。

滔天　ええ、人の女房？　人のカカアば盗んだとか。龍介、お前の世直しはどがんした。国ば盗むなぞと偉そうなことば言って、盗んだのは他人のカミサンか。

龍介　申しわけございません。

滔天　一盗二婢とはいうが、人の物ば盗むとは下司の根性。（龍介の耳元で）ばってん、よっぽどよか女子《おなご》ばいね。

龍介　そりゃもう。

槌子　ご主人は筑豊の炭鉱王、伊藤傳右衛門とかいうお人。

滔天　なにぃ！　傳右衛門。あん石炭成金か。
龍介　はい。
滔天　お前、あの傳右衛門からカミサンば奪ったか。でかした。でかした。今を過ぐる二十年前、わしは支那革命に敗れて桃中軒雲右衛門の門下に入った。博多明治座の興行は、大入り満員で十日間の日延べだった。その千秋楽。大勢の芸者ば引き連れてやってきた傳右衛門は、わしば桟敷に呼び出し、「やい、河原乞食。金が欲しかならここに土下座ばせい」と抜かしやがった。ククククク。
龍介　もちろん、お断りになったんでしょう。
滔天　……（蚊の鳴くような声で）そのとき、お前は九つ。震作も生まれて、槌子は鶏を飼って生計を立てとってな。わしはあの石炭成金の前で恥を忍び涙ばこらえて土下座ばいたした。それを、こうして息子が立派に博多の仇ば江戸で討ってくれたばい。でかした、龍介。
槌子　いい加減にしてください。龍介の致したことは、歴とした姦通。それなりのお咎めはありましょう。
滔天　それがどがんした。二年や三年、二人してもっそう飯ば食うのも酔狂たい。前途洋々たる青年ば拐かした女、早う見たか。明日にでも連れてこい。
槌子　あの、もう一つ。
滔天　なんか。
槌子　燁子さんは、柳原二位の局の姪ごさま、今上天皇のお従姉妹で。

滔天　なんと。今上天皇の。（立って歩き出す）
槌子　どちらに行かれます。
滔天　いや、そりゃ、どえらいことば……。で、天子様のお従姉妹様はどちらに。
槌子　こちらに参っておられます。
滔天　ええ。（飛び上がる）こんなむさ苦しいところに。
龍介　いずれは私の女房になる女ですから、おい燁子、入りなさい。

燁子、入ってくる。
滔天、座布団をあわてて出す。

燁子　柳原燁子と申します。
滔天　アアアア。これはまた、お初にお目にかかります。私は自らぬかるみに落ちて泥にまみれた牛。それに引き替え、泥沼にすっくと咲く真っ白な蓮の花。
燁子　私とこのようなことにならなければ……。前途洋々たるご子息は……。
滔天　（突然）白蓮！　辛亥革命は、なんと白蓮教の乱ちゅうのに始まった。
槌子　あなた。
滔天　うむ。まあ、よか。行けるところまで行くんだな。終いにゃ、線香の一本もわしが立ててやる。
燁子　ありがとうございます。

「馬賊の唄」メロディーが低く聞こえてくる。

滔天　燁さん。わしの人生、龍介に言わせれば遠い星を見つつ、目の前の溝に落ちた馬鹿者。つまり失敗だらけの人生たい。ばってん、人生たあ、失敗のことじゃないかね。なんのかんの言うても、人生は一場の夢。ならば、せめて愉快な夢が見たいじゃないか。下万民とともに楽しむ夢が見たい……。その欲も所詮は道楽かな……。

10

松と梅が出てきた。

梅　（歌う）俺も行くから君も行け
　　狭い日本にゃ住みあいた
　　波隔つ彼方にゃ支那がある
　　支那にゃ四億の民が待つ

松　支那浪人宮崎滔天が作詞しました「馬賊の唄」でございました。支那、そして全アジアの革命を願い続けていた宮崎滔天は翌年大正十一年の末、波乱の生涯を閉じました。合掌……。

梅　で、肝心の燁子と龍介はどうなったんや。

松　そや、ある日、入江東宮侍従長のとこへ嫁いだ姉の信子さんが龍介さんの留守にやって来て、「一度柳原家に帰って義光兄さんとじっくり今後のことを話し合ったら」とうまいことを言って燁子を連れ出します。

義光の前に燁子。

燁子　このたびは、兄上にも大変なご迷惑をおかけし……。

義光　燁子、お前はなんてことをしてくれたんだ。我が柳原家は代々皇室をお守り申し上げる藩屛として信頼されてきた。それをお前の今度の所行……アー（泣き出す）私の代になって（部屋の中をうろうろしながら）アー。ご先祖さまになんと言ったら、アー。

燁子　でも、私を無理矢理あの成金の家に嫁がせたのは兄上でございましょう……。

義光　お前のお陰で、伊藤傳右衛門などという下司野郎にまで罵られ……アー。いいか、日本中が柳原の血は淫乱だと嗤っているのだぞ。アー。

燁子　お兄さま、亢奮なさるとお体に触ります。

義光　ええ、わしは貴族院をやめねばならんのだぞ。アー。菊の御紋の馬車にも乗れなくなる。アー。さあ、この女を。

外道たち、出てくる。

松　こうして、燁子は柳原家の親戚に当たる中野家に閉じこめられてしまい、そこで龍介との子、長男香織を生むことになるのです。

赤子を抱きながら燁子が歌った。

燁子　かあいかあいの愛しい者よ
雨が降ってるじめじめと
どこら辺りを旅してか
わしが身の上思うてか
かあいかあいの愛しい者よ
雨がふるふるはらはらと
袖に袂にぬれたなら
わしが涙と見てたもれ

外道　その子を寄こせ。
外道たち　その子を寄こせ。
外道　その子を渡せ。
外道たち　その子を渡せ。
燁子　（赤子を抱えて逃げて）私の子は渡せません。
外道　その子を差し出せ。
外道たち　その子を差し出せ。
外道　さあ寄越せ。
外道たち　さあ寄越せ。

燁子　（逃げて）この子は、あんたたちには決して渡しません。龍介さん！

吾は知る強き百千の恋ゆえに　百千の敵は嬉しきものと

梅　中野家に幽閉された燁子は龍介と一緒になれへんかったの。

松　いや、天が二人に味方をいたします。

そこへ、大音響。

松　大正十二年九月一日午前十一時五十八分、関東地方南部をマグニチュード7・9の地震が襲います。被災者は三百四十万人、死者九万一千人、行方不明一万三千、全焼家屋四十六万世帯。

竹　燁子を預かってたお茶の水の中野家もぺっちゃんこ。そやのに燁子の実家の柳原家からはなんの音沙汰もあらへん。一方、震災二日目に、宮崎家の書生はんが火と煙をくぐり抜け、握り飯と母子の衣類を持ってきてくれよった。宮崎家の優しさと柳原家の冷めたさのあまりの違いに気づいた中野さん、やはり燁子は宮崎家に返さなければと決意します、おかげで燁子は瓦礫の中を線路づたいに目白の龍介の家に帰り着くことができたのです。

梅　そりゃよかった。

松　そして、その三か月後のことです。

そこへ、銃声。
電話をかける中川。

中川　本十二月二十七日午前十時四十分、議会開院式に向かう摂政殿下が、虎ノ門にさしかかったところ、凶漢がお召車に対して発砲した。いえ、ご安泰です。窓ガラスを破損せるも、殿下には差し障りあらせず、そのまま、開院式に向かわれ勅語を賜りました。

頭に包帯を巻いた入江と信子。
見舞いに来た義光。

義光　いやあ摂政殿下になんのお怪我もなかったことが不幸中の幸いでした。
入江　殿下のお車は英国デムラ社製スペシャル号で窓は防弾ガラスですから。
義光　そりゃよかった。
信子　でも、殿下とならんで陪席していた入江に防弾ガラスの破片が当たったということは、つまりもう少しで……。
義光　皇室の藩屏たる華族が、一身を持って殿下をお守りしたともっぱらの評判。子爵は、一族の誇りです。

信子　摂政殿下をステッキ銃で狙撃した犯人は難波大助という不埒者で、震災直後に殺された大杉栄、伊藤野枝の復讐だとか、わけのわからないことを言っているようですが、驚いたことに衆議院議員難波作之進の息子だそうですよ。

義光　ええ。

入江　そう、衆議院議員の息子。難波代議士は、議員辞職を願い出たようです。

義光　当然です。

信子　湯浅警視総監、岡田警保局長、正力警務部長も辞表を出したようです。

義光　当然です。

信子　山本権兵衛首相も辞表を出すそうです。

義光　当然です。

入江　犯人は刑法第七十三条の規定により大審院に起訴されるようです。

義光　当然です。当然です。

刑法第七十三条…天皇、太皇太后、皇太后、皇太子または皇太孫に対し危害を加え、または加えんとしたる者は、死刑に処す。

義光・入江・信子　当然です。

信子　あなたには年が開けたらすぐに皇太子ご成婚の儀という大役が待っています。早く良くなってくださいまし。

電話で記事を送っている中川。

中川　「大正十三年一月二十九日、良子女王殿下には早くも午前三時半御起床、女王としての最後の御朝餉を御父母の宮と温かき御まどいのうちに召し上がられ、御黒髪を『おすべらかし』に御髪上げあそばされた」

「この日の栄えある大任を負わせられた入江東宮侍従長は、白チョッキ、白ズボンの大礼服に身を包み下渋谷の久邇宮邸に参向、女王殿下には御父君、御母君とともにおそろいで正寝の座につかせらるれば、入江侍従長は御前に参進、東宮殿下の令旨を宣し、女王殿下には静に御うなずかれあそばされた」以上です。

＊

おかめに「籠の鳥」が聞こえてもいい。
清水と中川が杯を交わした。

清水　（中川に）いやあ、ご苦労様でした。

清水・中川　鯖の味噌煮。

キヨちゃん　はーい。おかあちゃん、鯖の味噌煮二丁！

原田　（入ってきて）今夜はなにを肴に飲んでるんだ。

中川　鯖の味噌煮。（声を潜めて）部長、難波大助の死刑が、今日執行されたようです。
原田　判決二日後の執行とは、早いな。
キヨちゃん　あんなキチガイの裁判に一年もかけたのがおかしいんだよ。
中川　虎ノ門事件には実は三つの秘密があったんです。
原田　三つの秘密。
中川　当局としては、大逆罪を犯すような人間が皇国日本にいてはならない。
キヨちゃん　そらそうだ。
中川　で、まず難波大助を精神異常とすることにした。ところが、帝大教授呉秀三が「精神的にはなんらの欠陥を認めず」との鑑定結果を発表してチョン。
キヨちゃん　あの男、気ちがいじゃなかったの。
中川　で、被告大助が溺愛していた妹を面会室に差し向けて、毎日、悔い改めるよう泣かせたんです。結果、法廷ではまず、大助が「私はまったく間違っておりました。今では心から後悔しております」と反省、裁判長は改悛の情、顕著なるものありと認め、死一等を減じ無期懲役の判決を下すという筋書きになったのです。
キヨちゃん　そう。摂政殿下はお情け深い方だからねえ。
中川　ところがです、裁判の当日、大助は天皇のいる限りこの国の民は救われないと発言し、国際共産主義万歳三唱までして、大審院の画策は水の泡。裁判所の面目は丸つぶれになった。
原田　ああ、それで、判決の二日後に死刑執行か。二つ目の秘密は。

中川　秘密裁判だったお陰で河上肇博士は命拾い。

原田　河上肇？　ああ、あの貧乏物語の。

清水　河上肇は昨年、雑誌「改造」で、二十八歳で断頭台の露と消えたロシアの女テロリストの最期の言葉を引用していました、「私は権力がよろめき倒れる日の来るべきことを確認して、死に行くであろう」。難波大助は河上博士のこの論文を読んで天皇暗殺を決意したと法廷で供述しています。

原田　河上先生、秘密裁判だから、助かったわけだ。で、三つ目は。

中川　大助の父親は伊藤博文と同じ山口県選出の衆議院議員です。

原田　うん、伊藤博文とは遠い親戚関係だそうだ。

中川　皇太子に向けて撃ったピストル仕掛けのステッキというのは、実は伊藤公がロンドンで買い求め、大助の父に贈ったという代物だったのです。

原田　なに！　伊藤博文のピストルで摂政の宮が撃たれた。うーん。書きたい。でも、この首が飛ぶ。書けない、でも書きたい。うーん。

中川　部長、難波大助の事件で警視庁を首になった警務部長正力松太郎は、読売新聞を十万円で買収して、新聞経営に進出するそうですよ。

原田　ほう、我が朝日の好敵手現るだな。

11

宮崎家。

原稿を読む龍介と重松。

龍介　日本での君主制の廃止？　おい重松、正気かね。

重松　世界にただ一つ、万世一系の天皇をいただく国。そんな言葉自体が大衆の心に排外主義を育てるんだ。日本は特別な神の国だって意識。こいつは危険だよ。

龍介　俺は、神戸の造船所に渡辺政之輔とよくストライキの支援に行った。

重松　また、ワタセイか。

龍介　労働者たちは俺たちの話を聞いて、選挙権を獲得しようと言い出した。ずっとヘイコラしていた会社のお偉いさんに逆らってストライキを打つ決意も固めた。よし、渡辺さんに付いていくぞって。しかし、俺たちが配ったビラの中に、君主制の廃止という項目を見るとみんな、黙って首を振って集会場を出て行ったよ。大衆の心根を見誤ったら、俺たちは大衆から孤立する。

燁子が「よくいらっしゃいました」と、お茶を入れる。

重松　去年の四月に渡辺政之輔は密かにモスクワに向かった。

龍介　ワタセイ、モスクワまで行ったのか。
重松　そこでコミンテルンの指針を受け取った。現在の日本は未だにブルジョワ革命の段階であるという批判だ。
龍介　それで、君主制の廃止か。モスクワの連中に日本の民衆の心持ちがわかるもんか。
重松　ロシアでは民衆がツァーを倒したんだよ。
龍介　天皇とロシアのツァーは違う。ロマノフ王朝はイングランド銀行に莫大な金を預金していた。日本の天皇はロシアのツァーのような大金持ちでもなければ、この数百年、兵を動かして戦をすることもなかった。
燁子　そうよ。この国の民草は、天皇を慈悲ぶかい存在だと感じてるわ。大震災のときだって、裕仁殿下は宮内省の反対を押し切って東京市内、横浜、横須賀へ被災民の慰問をなさったわ。
重松　（燁子をじろりと見て）民の苦難を思いやる天子さまか。ロシア革命以降の方針転換さ、新聞も慈悲深い天皇のイメージを書きたてるんですからね。
槌子　（出てきて）燁子さん、あなたにお手紙きてる。
燁子　どうせ、尼寺へ行っちまえって手紙でしょ。
槌子　あの大震災だって、この人が悪いことしたから起こったみたいに書いてきて……。
燁子　……砂を嚙むような日々の生活。鬱屈する不満を誰かにぶつけたい。……でも権力を相手じゃ怖い。そこで誰かを異常者と決めつけていじめの大合唱。あんな奴がいるからこの世は乱れるんだって。

槌子　それがあんたたちの大好きな大衆。
燁子　寒いからおでんにしましょうか。
龍介　いいいね。晩飯、食っていけよ。
重松　いや、いい。
龍介　燁子。
燁子　はい。
槌子　燁さん。表へ出ないほうがいいよ。また、怖い男の人が……
燁子　大丈夫ですよ。お義母様、昆布はお湯が沸いてから入れるんでしたね。
槌子　昆布は水から、鰹節は沸騰してから。
燁子　ああそうでした。昆布はお湯から鰹節は水から……。
槌子　違う、違う。

槌子、燁子、出ていく。

龍介　俺たちでさえなかなか見えないこの国の大衆の心。どうしてモスクワに判断してもらわなきゃあならないんだ。
重松　もういい。今日はそんな話をしに来たんじゃない。
龍介　なんだい。

重松　新人会をやめて欲しいんだ。
龍介　除名！　俺が。

沈黙。

龍介　理由を聞かせて欲しい。
重松　君は、新人会の尊厳を傷つけた。
龍介　尊厳？
重松　君が神戸の造船所闘争の最中、人妻と宇治で密会していたことはみんなが知っている。
龍介　それで？
重松　民衆にあるべき世界像を説く者は身辺を綺麗にしていてもらいたかった。
龍介　重松。人生を生きるということはいろんな自分を同時に生きることじゃないのか。人は生産者であり、人の親であり、社会を改革するものであり、同時に人を愛するものでもあるんだ。
重松　君のやったことは恋愛とは言えない。姦通だろ。
龍介　俺と燁子のことはあくまでもプライベートなことだ。俺がどんな妻を持とうと、それは新人会の活動とは関係がない。
重松　……。
龍介　つまり、こういうことか。今、日本の大衆の大部分が……俺と燁子との行動を倫理的に正しくないと感じている。だから、いくら治安維持法反対のデモやストライキを呼びかけても、姦通を犯した奴が所属しているかぎり大衆は新人会を信用しない。だから、除名する。

重松　君はさっき言ったな。日本の大衆は摂政殿下に敬愛の念を抱いている。だから、天皇制と対決するのはよくないって。

龍介　ああ。

沈黙。

重松　君は三年前、吉野先生の民本主義を批判した。この国の主は天皇ではなく、民だ。だから民主主義と言うべきだって。その君が考えを変えたのは、天皇の従姉妹と一緒になったからじゃないのかい。

沈黙。

龍介　でも、君はあのとき、燁子の意をくんで伊藤傳右衛門への絶縁状を書いてくれたじゃないか。

重松　あれは彼女の言うとおりに書いただけだ。抑圧された民衆が未だに僕たちを待っているんだよ。ならば僕たちは民衆のためには、個人の欲望を捨てなきゃいけないんだ。

龍介　個人的な欲望は捨てるべきだ。君もそう思っているのかい。そりゃ、君自身がストイックなのは賞賛されるべき志かもしれない。でも、次には、労働者に向かって「自分の欲望をすべて捨ててみんなのために生きよう」ときっと言い出す……。

重松　ワタセイと君は「労働者の中に」と叫んだ。そう言った君が、結局プチブルの意識から抜け出せない。農民に自分の土地を解放した有島武郎。でも、情欲の果てに婦人記者と情死した。大衆のために生きるなら、色恋なんか捨てろ。

龍介　キレイすぎる。人々がうまいものが食いたい。好きな女と寝たいと思わなくなったら……。個人の欲望を捨ててみんなのために生きたいなんて言い出したら……ああ、恐ろしいことになる。

沈黙。

龍介　ワタセイの意見も聞いたのかい。

重松　ワタセイこそ、君の除名を求める急先鋒だよ。

龍介　俺はこの五年、新人会のためにだけ働いてきた。今の俺から新人会を奪ったら、なんにもない。

重松　いいや君は運動を捨てて、女を選んだんだ。それも、石炭成金の妻で貴族院議員の妹を。それに今上天皇の……。

そこで、「お前らは卑怯者だ」と槌子の声。

槌子の声　龍介！
龍介　（立ち上がって）どうしました。
槌子の声　燁子さんが。
龍介　ええ、燁子が。

槌子に支えられて燁子が入ってくる。

燁子　大丈夫です。
龍介　どうしたんだ。
槌子　買い物ん帰りがけに、右翼の奴らに襲われたらしかとよ。
燁子　ちょっと蹴飛ばされただけですから。
龍介　ひでえことしやがる。おい、そいつらはどこへ行った。
燁子　逃げていったわ、お義母様がポンポンってやったら。
槌子　うちの嫁の悪口を言う奴は（竹刀を振り上げ）剣法二天流。
重松　（びっくりして）チョッチョッ！　あの、俺、失礼するよ。
燁子　あら、おでん食べていらっしゃらないの。
重松　今日はちょっと用事がありますので。

槌子　重松さん、おめでとうございます。
重松　はあ。
槌子　龍介から聞きました。ご結婚しなさるとか。
燁子　吉野作造教授のお嬢様、綺麗な方なんですってね。龍さんはこんなお婆さん摑まされてかわいそう。
重松　はあ。燁子さんも、お元気で。
燁子　重松さん。龍さん、あなたを頼りにしてますから、これからもちょくちょく来てくださいね。
重松　はい。では今日のところは……。
燁子　お気をつけて。

重松、出ていく。
燁子と槌子、送っていく。
一人残された龍介、突然、立ち上がって。

龍介　重松、ちょっと待ってくれ。

と、追いかけ、突然しゃがみ込む。
ハンカチを口にやる。みるみる血に染まるハンカチ。

そこへ、燁子。

燁子　（封筒と書類をヒラヒラさせて）龍さん。龍さん。見て、見て。来たわよ、来たわよ。
龍介　……。
槌子　（追ってきて）なんが来たとね。
燁子　宮内省から。（渡す）
槌子　宮内省？（読む）「柳原燁子を華族から除籍す」
燁子　「最近再び情人の下に走り、公然同棲するが如き行動に出たかどにより宮内省はその監督権を執行して除籍処分とする」ね、宮崎燁子、今日から晴れて一平民でーす。（踊り出し）やったぁ、やったぁ。香織！
槌子　（見て）龍介、どがんしたと。
燁子　龍さん！
槌子　お医者さん呼んでくる。
燁子　龍さん！　龍さん！

暗い音楽。
中川が葉山のご用邸の特設電話から記事を送っている。

中川　十二月二十四日、午後零時四十五分宮内省発表。御体温、三十八・五。御脈拍、一三二。御呼吸四十。御脈の緊張御減退遊ばされ依然細小にあらせられる。入沢侍医頭からいよいよ御危篤の旨を申し上げると、東宮殿下は固く口を閉じさせられたまま御うなずきになって、父君陛下の御顔をじっと御見守り遊ばされ、流石に妃殿下にはこみ上げる御悲しみを堪え得させられず御顔を覆わせられた……。

漫才トリオ、元気なく現れる。

松　大正十五年十二月二十五日、大正さまが崩御され、翌二十六日から元号が昭和に代わり、日本国民は五十日間の喪に服します。

梅　お正月のためぎょうさん作った松飾りは棄てられて、わてらお笑いも肩身の狭い五十日でございました。

松　翌、昭和二年三月には欧州の戦争でボロ儲けをしたバブルがはじけ、町々にはホームレスが溢れます。

竹　七月二十四日、「将来に対するぼんやりとした不安」ちゅう遺書を残して芥川龍之介が服毒自殺。明けて昭和三年のトップニュースは。

梅　結成以来、帝大新人会が主張してきた全国民による衆議院選挙が二月二十日実施。

松　新たに選挙権を得た貧乏人の代表から当選したんは、京都の山本宣治と水谷長三郎たった二人だけやった。
竹　知っとる。山本宣治いうたら産児制限運動起こした人やろ。
梅　サンジセイゲン？　肥満予防に、三時のおやつを制限するのんかいな。
松　アホ。貧乏人の子だくさんなくすためのバース・コントロールや。
竹　バースゆうたらピッチャーやなくバッターやで。なんでコントロールがいるねん。
梅　ああ、バース、掛布、岡田のクリーンアップが懐かしい。
松　アホ。バース・コントロールいうのは、産児制限のこと。
竹　子供は三人までやから、三児制限や。
松　大正十一年、産児制限の推進者サンガー夫人が来日した折り、京都での通訳をしたのが……、
竹　そう、お茶で有名な宇治の「花やしき」という旅館の御曹司山本宣治や。
松　柳原燁子と宮崎龍介がはじめて一線を越えたんが、宇治の「花やしき」。
竹　ええ、バース・コントロールを唱えた山本宣治の旅館で燁子は妊娠したんか。
松　因果は巡る。
梅　（小声で）ねえ、松兄ちゃん。白蓮はん、意図的にバース・コントロールしいひんかったとちゃう。
竹　どういうことやねん。
梅　やや子できたら、龍介はんはもう逃げられへんもん。
竹　そんなことないやろ。
松　一方、大正十四年、良子妃殿下待望のご懐妊。

梅　世継ぎの皇太子ご誕生かと全国民期待したが残念ながら内親王照宮成子《しげこ》。
竹　なんで女子は天皇になれんの？　昔は推古天皇ちゅうのもおったんやろ。
松　大日本帝国憲法第二条「皇位ハ、皇室典範ノ定ムル所ニ依リ皇男子子孫之ヲ継承ス」

義光、傳右衛門、入江、信子。

義光　いよいよ、裕仁殿下のご即位。入江子爵も今年は正念場ですな。
傳右衛門　入江さん。私ども日本国民は一刻も早く世継ぎの皇子の誕生をお待ち申し上げているのです。それには、やはり……。
信子　伊藤。お上は良子妃殿下をお迎えになるにあたって、女官制度の改革をなさいましたのよ。
傳右衛門　ほう。
信子　明治さんは、四人のお側女官との間に七人のお子をもうけられました。
傳右衛門　そりゃ、万世一系の天皇家が途絶えてはことですからねえ。
信子　ですから、入江も裕仁殿下に仕来りどおり宮中にお側女官を入れられることをお薦めしたのですが、それでは良子がかわいそうだとお断りになられました。
傳右衛門　ええ！　もったいなかことを。七人いれば、一週間、取っ替え引っ替え。
義光　伊藤さん！……そういえば、このたび、あの船子さんに、お子がお生まれになられ、万世一系の伊藤家の血筋は守られましたなぁ。

傳右衛門　残念ながら、女の子やった。で、昭和の昭を頂いて昭子と名付けました。
義光　昭子。そりぁいかん。
傳右衛門　どうしていかんとですか。
義光　与謝野鉄幹を妻から奪ったのが鳳晶子。
傳右衛門　晶子。
入江　自分の農地を小作人に分け与えた日本のトルストイ有島武郎を死に至らしめたのが婦人公論の記者波多野秋子。
傳右衛門　秋子。
入江　医学博士の夫と子どもを捨て藤原義江の許に走ったのが宮下あき子。
傳右衛門　あき子。
信子　わあ、みんなあき子かぁ。
義光　そして極めつけが、夫に三行半を突きつけた我が妹柳原燁子。
傳右衛門　（立ち上がって）燁子！　あの淫乱女。炊事洗濯もしたことのなか奴が、貧乏弁護士のカミサンのつとまるわけがなか。
信子　弁護士になった、龍介さんに食べさせてもらうつもりだったのに、その龍介さんが血吐いたそうよ。
傳右衛門　ほう。
信子　燁子さんが激しいせいじゃないかしら。

義光　お医者様に絶対安静命じられて、お褥ご辞退。
入江　天罰テキメン。
傳右衛門　なんですか。オシトネ、ゴジタイとは。なんです。
信子　ホホホホホ。
義光　そういえば「貧乏物語」を書いた河上肇は京都帝大を辞めさせられたようですな。
傳右衛門　そうですか。天罰テキメン。
義光　それに、君主制打倒のスローガンを掲げる共産党はこの三月、千八百人の逮捕者を出したそうですな。
入江　ええ、渡辺政之輔たち幹部は逃げているそうですがね。
信子　いずれにしても、天罰テキメン。
傳右衛門　そう天罰テキメン。
皆　天罰テキメン、天罰テキメン、天罰テキメン……。

12

昭和三年十一月十一日。
ガチャーンと鉄扉の閉まる音。
高い鉄格子の窓の光の中、布団に龍介が寝ている。
奥に、人々が現れる。

燁子　あなた、捕まった人たちは、逃げた同志たちの名を言えと、拷問されているようよ。
龍介　ウー。
滔天　お前は、いいカミサンを持ったなあ。でも、乳飲み子を抱えて苦労してるそうじゃないか。それに母親も、死んだ亭主の昔の同志たちのところをまわり歩いて金を恵んでもらっとるようだよ。
龍介　ウー。
燁子　香織も元気ですよ。来週、また来られると思いますから。読みたい本があったら言ってください。
龍介　ウー。
滔天　ご立派なことだよな。妻子を路頭に迷わせて日本の民衆を救うだと。
龍介　ウー。
滔天　お前らは日本の飢えた民衆のためにと思っとるようだが、民衆の方はな、ありがたいなんぞと思っておらんのよ。ハッハッハッ。

外道たち、笑う。

龍介　ウー。

外道たち去って行き。布団の上に残される龍介。
花火の音がすると目白の宮崎家。
窓際の病床に付いている龍介。

燁子　あなた、あなた。
龍介　（うなされて）燁子、すまん。母上、申しわけない。
燁子　（汗を拭いて）あなた、しっかりしてください。
龍介　ああ、ここはどこだ。
燁子　あなたの家ですよ。朝日の清水さん、いらしたわよ。
清水　よくなったと聞いたもんだから、来た。
燁子　絶対安静命じられた最初の半年は大変。話をしてもいけない。新聞も駄目。とにかく下界の刺激全部だめなのよ。清水さん、原稿もうじきですから。（机に戻って原稿を書き出す）

清水　どうぞごゆっくり。久しぶりで龍介とも話せます。本も読めなかったのか。大変だったなあ。

龍介　先週、やっと安静度五になって散歩が少し許されるようになった。（布団の上で起きあがって）すまん。君にはずいぶん世話になった。

清水　なにを言ってるんだ。文藝春秋だって、よくぞ白蓮女史を紹介してくれたと喜んでいるんだよ。

龍介　俺が倒れてから、燁子の筆一本で我が家は食ってきた。まったく面目ない。僕を頼って伊藤の家から出たのに。今じゃあ、俺が髪結いの亭主だ。

清水　まあ、いい機会だからゆっくり休め。

遠くから歌声が聞こえてくる。
そこへ、買い物籠を持って「うるさい、うるさい」と帰ってくる槌子。

燁子　裕仁殿下即位のゴタイテンね。

清水　京都の出発のときなんか、七条通りじゃ朝からゴザ敷いて八万人が陛下を待っていたそうですよ。今夜は全国で提灯行列だってさ。

槌子　そう、靖国通りなんか、大変な人出よ。派手な長襦袢みたいなそろいの衣裳着てゴタイテンヤホイって踊ってる。（洗濯物を畳み出す）

燁子　十年前の米騒動の時、筵旗を高くかざした全国の女たち、その同じ女たちが踊っているのよ。

清水　僕たちはなにをやってたんだろう。我が朝日新聞社は、軍縮とシベリア出兵反対、普通選挙を主張してきた。その主張をできるだけたくさんの庶民に届くようにと、社会部は庶民の好きな桃色と菊印の記事を出す。やれ、白蓮事件だ。皇太子の欧州訪問だ。ご成婚だ。その結果が、国を挙げてのこの御大典騒ぎ。

燁子 （原稿を渡して）どうもお待たせしました。

清水 できましたか。

龍介 ご苦労さん。

燁子 読んでみてください。

清水 （読む）「昭和になつてより、愛人同士は、日比谷公園の暗やみや細い路地をかくれるように歩いてゐます。愉快なホテルの一夜もビクビクものですごさなければならない有様。洗足池、上野、日比谷、お堀端から密会男女が挙げられるといふのは、いつたいどうしたものでせう。思ふに、若い男女が、青春時代のよろこびを胸いっぱいに呼吸し跳躍するのは、帝国主義的な挙国一致、国家総動員に参加せしめようとしてゐる誰かの御意にめさないのでございませうか」

龍介 おいおい、そんなこと書いて大丈夫かい。

ゴタイテンヤ　ホイ。
バンザイ、バンザイ　ホイ。
エライヤッチャ　ホイ。

燁子　大丈夫よ。私だってこんなこと書きたくないわ、でも震災後の裕仁殿下のお言葉も変わってきてる。あの震災は汝等臣民が軽佻浮薄に生きてきたことに対して天が下された罰だぞよ。
龍介　俺の喀血も天罰ってわけだ。
槌子　寝たきりの龍介の横を香織がチョロチョロ走り回るし、もう戦争だったよ。
清水　香織君、いくつになった。
燁子　五つですよ。
龍介　父親と相撲も取れない子供はかわいそうだ。
燁子　だから、たまには香織のお相手してやってよ。
槌子　（はたきと箒を持って）久しぶりにこの部屋も掃除せんとならんから、香織と散歩に出たらどうかね。
龍介　……。
清水　一緒に行こうぜ。
龍介　そんな気になれないよ。
燁子　先生もいい空気は、体にいいって。
龍介　確実に嫌な時代がやってくるってのに、長生きなんてしたかあないさ。

沈黙。燁子と槌子、顔を見合わせる。

燁子　（籠を見て）あら、お義母さま。香織にリンゴ頼んだのに柿買っていらしたの。
槌子　柿のほうが滋養があるとですよ。
燁子　柿は消化に悪いんです。
槌子　あんたに何がわかると。私は二人の子供を育ててきたっですけんね。
燁子　自分の息子を結核にする母親にはなりたかあないね。
槌子　スイカ泥棒。
燁子　スイカ泥棒？
槌子　そがんたい。あたしが、種ば蒔き肥料ばやり苦労して育て上げたスイカが赤く熟したなあと思っとったら、夜中に忍び込んで盗んだ。
燁子　スイカと思って食べてみたら瓜二つでしたよ。
槌子　瓜二つ？
燁子　お義母さまの連れ合いも、お義母さまの育てた子も、遠くの星見てて目の前のドブに落ちる大馬鹿者。妻子を路頭に迷わせといて何が支那の革命よ。何が労働者の連帯よ。
龍介　燁子。
槌子　ふん。乳繰り合いばして子ば産んでおきながら、肝心のおっぱいは出んで香織はミルクばかり。牛のお乳で育った子はひとを蹴飛ばすような子に育つって言うけんね。
燁子　そこまで言うか！（と、柿を槌子に投げた）
槌子　（飛んできた柿をはたきで受けて）なんの、剣法二天流。

燁子　よーし、ならば真剣勝負だ。

柿を持った燁子とはたきを持った槌子、にらみ合う。

龍介　（弱々しく）ちょっと、後生ですから二人ともやめてください。
槌子　（はたきで龍介の頭を叩いて）ならば、長生きなんかしたくないなぞと申さぬか。
龍介　もう言いません。
槌子　よし。
燁子　よし。

燁子と槌子、目を合わせてニンマリ。

龍介　安静度七まで行ったら、働くよ。
燁子　ダメ、ダメ。宮崎弁護士の依頼者なんて、お金も払えないおビンボウばっかり。いくら仕事がきても、旅費だって出ない持ち出し続き。
清水　燁子さん。
燁子　「心では讃へていひしその人を　口ではいたく誹りてぞゐし」

香織の声　（奥で）おばあちゃん。

燁子　あ、お義母さん、香織が呼んでます。

槌子　はいはい、なんだい香織。（隣室に出ていく）

燁子　でも、龍介があのとき、別府に来ていなかったら、今も博多の伝ネムの銅御殿でメソメソ恨み言を言いながら暮らしてる。フフフ。でも、この人。姥桜に騙されて新人会も除名にならなかったら今頃。

清水　そう今頃、重松みたいに獄中で拷問に会っていますよ。僕だって同じだ。民衆のためにったって、当の民衆は獄中の奴らのことなんかもう忘れてる。

ゴタイテンヤ、ホイの声。

燁子　重松さんも、獄中でこの歌、聞いてるかな。

龍介　おい、ワタセイも引っ張られたのか？

清水　上海から台湾の基隆まで来て、特高警察に追いつめられてピストルで頭を撃ち抜いた。

龍介　ワタセイも逝ったか。

香織の声　父さん、お散歩に行こう。

龍介　おう。

燁子　はい、はい、ちょっと待っててくださいよ。

燁子、龍介に着物を着せる。

清水　人口問題解決のために南米移民だ、満州開拓だといいながら、富国強兵のためにどんどん子供を産めか。

龍介　太郎の家でも次郎の家でも今日も子供は生まれ、国はその子供を外地に送り出す。

表から御大典の音曲が聞こえてくる。

燁子　でも香織は大丈夫、あたし絶対あの子にそんなことさせない。あなた、これ。（龍介にマスクを渡す）香織、いらっしゃい。

龍介　さあ、お父さんのところへおいで。

「父さん」と香織が駆け出してきて、龍介に飛びつく。

龍介　わあっ、重くなった。

龍介、香織を抱きかかえ、燁子に見せ、高く差し上げる。

外道、出てきて香織をさらって行く。

龍介、燁子、追いかける。

文字幕おりる。

十七年後、長男香織は、学徒出陣し、昭和二十年八月十一日、特攻隊基地鹿屋でＢ29の爆撃により戦死した。

上演記録

二〇〇〇年十月三日〜十四日
紀伊國屋ホール

●スタッフ

演出　木村　光一
装置　石井　強司
音楽　上田　亨
照明　室伏　生大
衣装　渡辺　園子
効果　斎藤美佐男
演出助手　浅沼　一彦
舞台監督　井川　学
制作担当　和泉　将朗
制作総務　渡辺　江美
制作　地人会

●キャスト

三田　和代　燁子（白蓮を名乗る歌人）
榎木　孝明　宮崎龍介（宮崎滔天の子）
寺杣昌紀元　重松克麿（帝大新人会の創始者）
松橋　登　柳原義光（燁子の義兄・貴族院議員）
松熊　信義　伊藤傳右衛門（鉱山王・衆議院議員）
川辺　久造　宮崎滔天（支那浪人）
押切　英希　清水二郎記者（朝日新聞社会部・帝大新人会会員）
青木　勇二　中川敏夫記者（朝日新聞社会部）／伊藤鉄五郎（伊藤家の番頭）

花王おさむ　松＝原田譲二（社会部長）／入江為守侍従長
順　みつき　竹＝槌子（滔天の妻）／信子（入江子爵夫人）／おさよ
山下　清美　梅＝船子（傳右衛門の妾）／キヨちゃん（おかめの女将）

再演　二〇〇三年五月十二日〜六月二十七日まで、九州地方公演。

●キャスト
三田　和代　燁子（白蓮を名乗る歌人）
原　康義　宮崎龍介（宮崎滔天の息子・帝大新人会会員）
中村　彰男　重松克麿（帝大新人会の創始者）
松熊　信義　柳原義光（燁子の義兄・貴族院議員）
松橋　登　伊藤傳右衛門（鉱山王・衆議院議員）
川辺　久造　宮崎滔天（支那浪人）
押切　英希　清水二郎記者（朝日新聞社会部・帝大新人会会員）
井上　文彦　中川敏夫記者（朝日新聞社会部）／伊藤鉄五郎（伊藤家の番頭）
（漫才トリオ（松竹梅）は／以下の各役を演じる）
花王おさむ　松／原田譲二（朝日新聞社会部長）／子爵入江為守東宮侍従長
順　みつき　竹／信子（入江子爵夫人）／おさよ（傳右衛門の妾）／槌子（滔天の妻）
山下　清美　梅／キヨちゃん（小料理店おかめの女将）／船子（傳右衛門の妾）／
（子役）香織（龍介の長男）

恋ひ歌　宮崎龍介と柳原白蓮

2003年5月25日　第1刷発行

定　価　本体1500円＋税

著　者　斎藤憐

発行者　宮永捷

発行所　有限会社而立書房
東京都千代田区猿楽町2丁目4番2号
電話 03（3291）5589／FAX 03（3292）8782
振替 00190－7－174567

印　刷　有限会社科学図書

製　本　大口製本印刷株式会社

落丁・乱丁本はおとりかえいたします。

ISBN 4－88059－277－3　C0074
装幀・神田昇和

斎藤憐戯曲集 1

赤　目

1978.12.25刊
四六判上製
408頁
定価2000円
ISBN4-88059-025-8 C0374

逃げの芝居、自慰的黙示劇の跋扈するなかで、終始攻撃的劇性を開示してきた著者の待望の第1作品集。60〜70年代の錯綜する状況の根底を撃つ〈抒情〉と〈革命〉のバラード。「赤目」「トラストD・E」「八百町お七」を収録。

斎藤憐戯曲集 2

世直し作五郎伝

1979.10.25刊
四六判上製
344頁口絵2頁
定価1800円
ISBN4-88059-030-4 C0374

ロシア革命そして明治維新のはざまに〈圧殺〉された大衆の〈鬼の叫び〉を開示する「母ものがたり」「世直し作五郎伝（異説のすかい・おらん）」のほか「メリケンお浜の犯罪」を収めた第2作品集。

斎藤憐戯曲集 3

黄昏のボードビル

1980.12.15刊
四六判上製
304頁口絵2頁
定価2000円
ISBN4-88059-037-1 C0374

時代の相剋の中で蠢く人間群像の光と影を抒情的に描きあげ、独自の歴史劇を創出する著者の第3作品集。岸田戯曲賞受賞作品「上海バンスキング」ほか、「河原ものがたり」受賞後の最新作品「黄昏のボードビル」を収録。

斎藤憐戯曲集 4

近刊

斎藤憐

バーレスク・1931——赤い風車のあった街

1981.6.25刊
四六判上製
176頁
定価1000円
ISBN4-88059-042-8 C0074

左翼演劇が崩壊し、軍靴の音高まる30年代。軽演劇の中に批判と抵抗の眼を忍ばせた一軒のレビュー小屋があった。新宿ムーランルージュを舞台に描く、斎藤憐の野心作。

斎藤憐

ムーランルージュ

1998.10.25刊
四六判上製
144頁
定価1500円
ISBN4-88059-256-0 C0074

敗戦の秋、新宿の焼け跡には赤い風車が回っていた。人びとは飢えていた。身も心も飢えていた。その飢えを満たす人びとも飢えていた。だが、人びとは自分で生きていかなければならない。そこから喜びと悲しみが生まれる。

斎藤憐

クスコ　愛の叛乱

1982.12.25刊
四六判並製
160頁
定価1000円
ISBN4-88059-060-2 C0074

藤原薬子の乱に題材をとり、古代史に仮託して描き上げた人間の愛の諸相。斎藤憐の新たな作劇法の展開は、いよいよ佳境に入った。吉田日出子主演による自由劇場の話題作。「上海バンスキング」と双璧をなす作品といえよう。

斎藤憐

イカルガの祭り

1983.1.25刊
四六判並製
164頁
定価1000円
ISBN4-88059-062-2 C0074

斎藤憐の古代史に題材をとった第2弾。
「大化の改新」前後に活躍した、蘇我の一族と天皇家の人びとの葛藤、それを操る藤原鎌足の野望、政治と人間の相剋を描く野心作。

斎藤憐

グレイクリスマス

1983.12.25刊
四六判並製
164頁
定価1000円
ISBN4-88059-070-3 C0074

「上海バンスキング」は、敗戦まで。そのあとの戦後日本を扱ったのがこの戯曲。ＧＨＱの政策におびえ、右往左往する支配階級のぶざまな姿が描かれ、一転日本国憲法の精神を問う、力作。

斎藤憐

改訂版・グレイクリスマス

1999.1.25刊
四六判上製
144頁
定価1500円
ISBN4-88059-259-5 C0074

本多劇場で初演された「グレイクリスマス」は、民芸によって繰り返し上演され、日本の各地で激賞された。改めて「民芸版・グレイクリスマス」を上梓した。

斎藤憐

アーニー・パイル

1985.4.25刊
四六判上製
256頁
定価1500円
ISBN4-88059-084-3 C0074

敗戦直後、米軍に接収されていた東京宝塚劇場＝アーニー・パイル劇場に集まった、日本人、フィリピン人、アメリカ兵のスタッフ、キャストの姿を通して、戦争の傷と、戦勝国・敗戦国の関係を相対化して見せた、斎藤憐の力作戯曲。

斎藤憐

Work 1 ──自由劇場 86年5月上演台本

1986.5.15刊
Ｂ５判並製
152頁
定価800円
ISBN4-88059-092-4 C0074

小衆・分衆の時代。あの大衆たちはどこへ行ってしまったのか。70年代演劇の旗手・斎藤憐が描く群衆像。

斎藤憐

ドタ靴はいた青空ブギー

1986.10.7刊
Ｂ５判並製
148頁
定価1000円
ISBN4-88059-097-5 C0074

戦後の焼け跡をバックにヨコハマとアメリカを描き出す斎藤憐の野心作。

斎藤憐

俊　寛

1990.1.25刊
四六判上製
128頁
定価1000円
ISBN4-88059-138-6 C0074

平家滅亡を謀り鬼界島に流された俊寛僧都を主人公に、平安末期の権謀術数渦巻く世界を活写した、斎藤史劇の佳作。「ゴダイゴ」と対をなす「芸術の源流」を探る意欲的な作品。

斎藤憐

海　光

1990.2.10刊
四六判上製
160頁
定価1000円
ISBN4-88059-137-8 C0074

渡来王朝の征服と帰化の「歴史の闇」をダイナミックに描いた斎藤憐ひさびさの古代史オペラ。加藤和彦の楽譜を多数収録した決定版。
〈横浜市政100周年記念作品〉

斎藤憐

ゴダイゴ——流浪伝説

1990.3.10刊
四六判上製
152頁
定価1000円
ISBN4-88059-143-2 C0074

波乱に満ちた後醍醐天皇の生涯を題材に、日本中世史の凄まじい権力闘争の実態と、その影にうごめくバサラ＝わざおぎびとたちの生きざまを鮮やかに描いた斎藤憐の傑作史劇。

斎藤憐

東京行進曲

1991.4.25刊
四六判上製
192頁
定価1500円
ISBN4-88059-150-5 C0074

「黄金虫」「兎のダンス」など、数々の名曲を生み出した作曲家・中山晋平をモデルに、近代日本の人性の根源を見事に洗い出してみせた斎藤憐の力作戯曲。巻末に、千田是也・林光・斎藤憐による座談会を収録した。

斎藤　憐

サロメの純情　—浅草オペラ事始め—

1997.12.25刊
四六判上製
152頁
定価1500円
ISBN4-88059-243-9 C0074

アメリカ仕込みのダンスを武器に彗星のように登場し、わずか29歳で死去した悲劇の女優・高木徳子の半生を、当時の社会情勢とからめて多面的に描いた斎藤憐の傑作！

斎藤　憐

エンジェル

2000.1.25刊
四六判上製
152頁
定価1500円
ISBN4-88059-244-7 C0074

失業者のあふれるシカゴ。そこでは、マフィアが幅をきかしている。そこに美しい天使が派遣されてきた。そして、天使は若いヤクザに恋するのだが……。

斎藤憐

2000.11.25刊
四六判上製
152頁
定価1500円
ISBN4-88059-245-5 C0074

異　邦　人

日本を脱出して、ロシア、アメリカ、メキシコへと、「インターナショナル」の訳詞者として知られる佐野碩の軌跡は、波瀾万丈だった。佐野碩に関わった女性の口から語らせる著者の評伝劇は佳境に入った。

斎藤憐

2000.9.25刊
四六判上製
160頁
定価1500円
ISBN4-88059-246-3 C0074

カナリア　西條八十伝

童謡作詩家・歌謡曲作詞家・フランス象徴派の研究家。三つの顔を持った男、西條八十の生涯を、東京というトポスに絡ませて、斎藤憐は昭和精神史を描く。

斎藤憐

2000.12.25刊
四六判上製
96頁
定価1500円
ISBN4-88059-247-1 C0074

昭和怪盗伝

昭和恐慌時、ひとりの男が強盗になった。147件の犯行を重ね、延べ20万人の捜査陣を翻弄した男は、「説教強盗」と呼ばれた。本書は、人形劇団結城座との共同公演のために創作されたピカレスク・ロマンである。

斎藤憐

2000.5.25刊
四六判上製
176頁
定価1500円
ISBN4-88059-268-4 C0074

ジョルジュ／ブレヒト・オペラ

恋と仕事に生きたジョルジュ・サンドを、ショパンへの恋の献身を軸に鮮烈に描出た「ジョルジュ」。ブレヒトと彼を取り巻く女性たちとの流浪を描くことによって、ブレヒトの実在を浮上してくれる「ブレヒト・オペラ」。

斎藤憐

2001.6.25刊
四六判上製
160頁
定価1500円
ISBN4-88059-279-X C0074

お隣りの脱走兵

ある日、息子がひとりのアメリカ人を連れてきた。米軍からの脱走兵だった。この日から檜山家は「臨戦態勢」に突入した。斎藤憐が体験した、ウソのような本当の話である。

井出情児・撮影／串田和美・監修

1984.10.25刊
A５判上製
148頁
定価2000円
ISBN4-88059-080-0 C0074

貴方とならば　上海バンスキング上演写真集

名作・上海バンスキングの初演から４演までを撮りつづけた井出情児の白熱の写真集。日出子が歌い、オリジナルバンドが奏でる夢の舞台の再現だ。

<メモ>

<メモ>